URI, SCHWYZ und UNTERWALDEN
die schweizer Urkantone

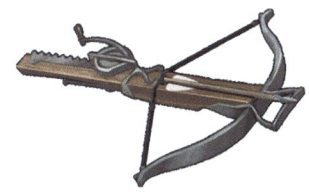

Wir wollen sein ein einig Volk von Brüdern

Dr Rütli-Schwur isch e Schwizer Legände. Si seit, dass am Aafang vom Monet Augschte anne 1291, trtadizionell dänkt me es seg am 1. Ougschte gsi, d Verträtter vo de drü Urkantone (mängisch seit me ne o eifach Orte oder Waldstätte) Uri, Schwyz und Unterwalde uf dr Rütliwise e Schwur gleischtet heige. Mit däm heige si es Bündnis zwüsche de drü Orte agfange, wo druus de d Schwizer Eidgenosseschaft woorde sig.

Thomas M. Meine

Wilhelm Tell 2.0

Nach dem Buch *'William Tell Told Again'*
Von P.G. Woodhouse

Illustrationen: Philip Dadd
Zusätzliche Verse sowie Prolog und Epilog dazu
von John W. Houghton

erschienen im Jahre 1904
bei Adam & Charles Black, London

– Inhaltlich neu aufgeteilt –

**Bibliografische Information der
Deutschen Nationalbibliothek**

Die Deutsche Nationalbibliothek verzeichnet diese Publikation in
der Deutschen Nationalbibliografie;
detaillierte bibliografische Daten
sind im Internet über http://dnb.dnb.de abrufbar.

Herstellung und Verlag:
BoD - Books on Demand, Norderstedt
Alle Rechte vorbehalten
März 2021

ISBN 9 783753 445519

INHALT

Manchmal war es nur ein Vogel

PROLOG

Die Schweizer, gegen ihre österreichischen Feinde
hatten nie eine Seele, die sie führte
bis Tell, wie ihr gehört habt, sich erhob
und ihnen die Freiheit brachte
Tells Geschichte erzählen wir noch einmal, etwas
für das uns – hoffentlich – niemand schilt
Diese Geschichte von Tell erzählen wir so,
wie auch wir diese Geschichte erfahren haben.

Kapitel I

Es war einmal vor mehr Jahren, als man sich erinnern kann, bevor das erste Hotel gebaut wurde oder der erste Engländer ein Foto vom Mont Blanc machte und es nach Hause brachte, um es in ein Album einzukleben und dann nach dem Tee seinen neidischen Freunden zu zeigen, als die Schweiz dem Kaiser von Österreich gehörte, der damit machte, was er wollte.

Eines der ersten Dinge, die der Kaiser tat, war, seinen Freund Hermann Gessler zu schicken, um das Land zu verwalten. Gessler war kein netter Mann, und es wurde bald klar, dass er sich bei den Schweizern nie wirklich beliebt machen würde.

Der Punkt, in dem sie sich besonders uneinig waren, war die Frage der Steuern. Die Schweizer, die ein einfaches und sparsames Volk waren, lehnten es ab, Steuern jeglicher Art zu zahlen. Sie sagten, sie wollten ihr Geld lieber für alle möglichen anderen Dinge ausgeben.

Gessler hingegen wollte auf alles eine Steuer erheben, und da er Gouverneur war, tat er es. Er ließ jeden, der eine Schafherde besaß, eine bestimmte Summe Geld an ihn zahlen; und wenn der Bauer seine Schafe verkaufte und Kühe kaufte, musste er für die Kühe etwas mehr Geld an Gessler zahlen, als er für die Schafe bezahlt hatte.

Gessler besteuerte auch Brot und Kekse und Marmelade und Brötchen und Limonade und eigentlich alles, was ihm einfiel, bis sich das Volk der Schweiz beschwerte.

Sie ernannten Walter Fürst, der rote Haare hatte und grimmig aussah, Werner Stauffacher, der graue Haare hatte und sich immer fragte, wie er seinen Namen aussprechen sollte, und Arnold von Melchthal, der hellgelbe Haare hatte und angeblich viel über das Gesetz wusste, um die Beschwerde einzureichen.

An einem schönen Aprilmorgen suchten sie den Statthalter auf und wurden in den Audienzsaal geführt.

»Nun«, sagte Gessler, »was ist jetzt wieder los?«

Die anderen beiden schoben Walter Fürst vor, weil er grimmig aussah, und sie dachten, er könnte den Gouverneur erschrecken.

Walter Fürst hustete.

»Und?«, fragte Gessler.

»Äh – äh!«, sagte Walter Fürst.

»So ist recht«, flüsterte Werner, »gib's ihm!«

»Äh – äh!«, sagte Walter Fürst wieder. »Tatsache ist, Eure Gouverneurschaft – «

»Es ist nur eine Kleinigkeit«, unterbrach Gessler, »aber ich werde im Allgemeinen 'Eure Exzellenz' genannt. Klar?«

»Tatsache ist, Eure Exzellenz, es scheint, dass die Menschen in der Schweiz – «

» … die ich vertrete«, flüsterte ihm Arnold von Melchthal vor.

» .. die ich vertrete und wollen, dass sich die Dinge ändern.«

»Welche Dinge?«, erkundigte sich Gessler.

»Die Steuern, Euer exzellenter Gouverneur.«

Unter einem femden Tyrannenjoch,,
besonders wenn fremde Leute Steuern kassieren,
wie wächst die Liebe zur Freiheit doch,
und viel kann dann passieren.

Die Schweizer, niedergehalten von Gesslers Faust
hätten die Steuern gern hinterzogen,
doch es schien keinen zu geben der hier haust,
der Widerstand hätte ernsthaft erwogen.

»Die Steuern ändern? Sind denn die Schweizer nicht der Meinung, dass es schon genug Steuern gibt?«

Arnold von Melchthal warf hastig ein:

»Sie denken, es sind zu viele«, sagte er. »Mit der Schafsteuer und der Kuhsteuer und der Brotsteuer und der Steuer für Tee und der Steuer für – «

»Ich weiß, ich weiß«, unterbrach Gessler, »ich kenne alle Steuern. Kommt zur Sache. Was ist mit ihnen?«

Nun, Eure Exzellenz, es sind zu viele."

»Zu viele?!«

»Ja. Und wir werden uns das nicht länger gefallen lassen!«, rief Arnold von Melchthal.

Gessler lehnte sich in seinem Thron vor.

»Darf ich dich bitten, diese Bemerkung zu wiederholen?«, sagte er.

»Wir werden uns das nicht länger gefallen lassen!«

Gessler lehnte sich mit einem hässlichen Lächeln wieder zurück.

»Oh«, sagte er – »oh, in der Tat! Das tut ihr nicht, nein ihr tut das nicht, nicht wahr!«

»Lass den Lord Oberscharfrichter sich hierherbemühen«, fügte er zu einem Soldaten hinzu, der neben ihm stand.

Der Lord Oberscharfrichter betrat den Raum.

Er war ein freundlich aussehender alter Herr mit weißem Haar und er trug eine schöne schwarze Robe, die geschmackvoll mit Totenköpfen verziert war.

»Eure Exzellenz hat nach mir geschickt?«, sagte er.

»Genau so ist es«, antwortete Gessler. »Dieser Herr hier« – und er deutete dabei auf Arnold von Melchthal – »sagt, er mag keine Steuern und will sie nicht länger hinnehmen.«

»Aber, aber!«, murmelte der Scharfrichter.

»Seht zu, was ihr für ihn tun könnt«, sagte Gessler.

»Gewiss, Eure Exzellenz. Robert«, rief er, »ist das Öl am Kochen?«

»Gerade eben ist es übergekocht«, antwortete eine Stimme von der anderen Seite der Tür.

»Dann bringen es herein und pass auf, dass du nichts verschüttest.«

Robert kommt herein, in einer Rüstung und einer schwarzen Maske, und trägt einen großen Kessel, aus dem der Dampf in großen Wolken aufsteigt.

»Nun, mein Herr, wenn Sie bereit sind«, sagte der Henker höflich zu Arnold von Melchthal.

Arnold schaute auf den Kessel.

»Das ist ja heiß«, sagte er.

»Eher warm«, räumte der Scharfrichter ein.

»Es ist gegen das Gesetz, einen Mann mit heißem Öl zu bedrohen.«

»Sie können mich ja verklagen«, sagte der Henker. »Jetzt, Sir, wenn Sie so weit sind. Wir verschwenden Zeit. Der Zeigefinger Ihrer linken Hand, wenn ich Sie belästigen darf.«

»Ich danke Ihnen, ich bin Ihnen sehr verbunden«, sagte der Lord Oberscharfrichter, als er Arnolds linke Hand nahm und die Spitze des ersten Fingers in das Öl tauchte.

»Au!«, rief Arnold und sprang herum.

»Lass ihn nicht merken, dass er dir wehtut«, flüsterte Werner Stauffacher. »Tu so, als würdest du es nicht merken.«

Gessler beugte sich wieder vor.

»Haben sich deine Ansichten über Steuern etwas geändert?«, fragte er. »Siehst du meinen Standpunkt jetzt etwas klarer?«

Arnold gab zu, dass er nach alledem dachte, es könnte ja doch etwas dafür sprechen.

»Das ist richtig«, sagte der Gouverneur. »Und die Steuer auf Schafe? Du hast doch nichts dagegen?«

»Nein.«

»Und die Steuer auf Kühe?«

»Die gefällt mir.«

»Und die auf Brot, Brötchen und Limonade?«

»Ich genieße sie.«

»Ausgezeichnet. Du bist sogar recht zufrieden mit allem?«

»Ziemlich.«

»Und du glaubst, der Rest der Leute ist es auch?«

»Oh, ganz und gar, ganz und gar!«

»Und denkt ihr das auch?«, fragte er Walter und Werner.

»Oh ja, Eure Exzellenz!«, riefen sie.

»Dann ist das in Ordnung«, sagte Gessler. »Ich war mir sicher, dass ihr vernünftig damit umgehen würdet.«

Wenn ihr nun die Freundlichkeit hättet, in die Schellentrommel, die euch der der Herr zu meiner Linken überreicht, eine Kleinigkeit hineinzulegen, um uns für unsere Mühe, euch eine Audienz zu geben, zu entschädigen.«

»Und wenn du (zu Arnold von Melchthal gebeugt) eine zusätzliche Kleinigkeit für den Gebrauch des kaiserlichen Siedeöls beisteuern würdest, so denke ich, werden wir alle zufrieden sein.«

»Ihr habt das erledigt?«

»So ists recht!«

»Auf Wiedersehen, und passt beim Hinausgehen auf die Stufe auf.«

Und als er diese Rede beendet hatte, wurden die drei Sprecher des Volkes aus dem Audienzsaal hinausgeführt.

Kapitel II

Draußen auf der Straße wurden sie von einer großen Anzahl von Mitbürgern empfangen, die sie zum Palast begleitet hatten und die die Zeit seit ihrem Weggang damit verbrachten, abwechselnd durch das Schlüsselloch zu sehen und an der Eingangstür zu lauschen.

Da sich aber der Audienzsaal auf der anderen Seite des Palastes befand und durch zwei andere Türen sowie eine Treppe und einen langen Gang von der Eingangstür abgeschnitten war, hatten sie nicht viel von dem gesehen oder gehört, was drinnen vonstattenging, und so umringten sie die drei Sprecher, als sie herauskamen, und befragten sie eifrig.

»Hat er die Steuer auf Marmelade zurückgenommen?«, fragte Ulrich der Schmied.

»Was wird er mit der Steuer auf Mischgebäck machen?«, rief Klaus von der Flüe, der Schornsteinfeger der Stadt war und Mischgebäck liebte.

»Das mit dem Tee und dem Mischgebäck ist mir egal!«, rief sein Nachbar, Meier von Sarnen. »Was ich wissen will, ist, ob wir für die Schafhaltung noch etwas bezahlen müssen?«

»Was hat der Gouverneur gesagt?«, fragte Jost Weiler, ein praktischer Mann, der gerne direkt auf den Punkt kam.

Die drei Wortführer schauten sich ein wenig zweifelnd an.

»Nu-u-n«, sagte Werner Stauffacher schließlich, »eigentlich hat er gar nicht so viel gesagt. Es war mehr das, was er getan hat, wenn ihr mich verstehet, als das, was er gesagt hat.«

»Ich würde Seine Exzellenz den Gouverneur«, sagte Walter Fürst, »als einen Mann beschreiben, der es in sich hat – einen Mann, der alle möglichen Argumente in der Hand hat.«

Bei der Erwähnung von Fingerspitzen stieß Arnold von Melchthal ein scharfes Heulen aus.

»Kurzum«, fuhr Walter fort, »nach ein paar Minuten sehr interessanter Unterhaltung hat er uns klargemacht, dass es wirklich nicht anders geht und dass wir die Steuern weiter zahlen müssen wie bisher.«

Es herrschte mehrere Minuten lang eine Totenstille, während jeder den anderen bestürzt ansah.

Die Stille wurde von Arnold von Sewa unterbrochen. Dieser war enttäuscht darüber, dass er nicht als einer der drei Sprecher gewählt worden war, und er dachte, wenn man das getan hätte, wäre all dieser Ärger nicht entstanden.

»Tatsache ist«, sagte er bitter, »dass ihr drei versagt habt, das zu tun, wozu ihr geschickt worden seid.«

»Ich nenne keine Namen – weit gefehlt – aber es macht mir nichts aus, zu sagen, dass es einige Leute in dieser Stadt gibt, die sich besser geschlagen hätten.«

»Was man bei solchen Kleinigkeiten braucht, ist, wenn ich das sagen darf, ist Takt. Taktgefühl, das ist es, was man braucht. Wenn ihr natürlich einfach in die Gegenwart des Gouverneurs hereinstürmt – «

»Aber sind aber nicht hereingestürmt«, sagte Walter Fürst.

» – man kann nicht herumbrüllen, dass die Steuern abgeschafft werden sollen – «

»Wir haben nicht herumgebrüllt«, sagte Walter Fürst.

»Ich kann wirklich nicht sprechen, wenn ich ständig unterbrochen werde«, sagte Arnold von Sewa mit strenger Stimme. »Was ich sage will, ist, dass ihr Taktgefühl anwenden solltet. Takt, das ist es, was gebraucht wird.«

»Wenn ich auserwählt worden wäre, das Schweizer Volk in dieser Angelegenheit zu vertreten – ich sage nicht, dass es so hätte sein sollen, wohlgemerkt; ich sage nur, wenn es so gewesen wäre – hätte ich mich eher nach folgender Art verhalten:«

»Fest, aber nicht trotzig in die Gegenwart des Tyrannen schreitend, hätte ich das Eis mit einer angenehmen Bemerkung über das Wetter gebrochen.«

»Wäre das Gespräch einmal begonnen worden, wäre der Rest einfach gewesen. Ich hätte gesagt, dass ich hoffe, seine Exzellenz hätte ein gutes Abendessen genossen.«

»Einmal beim Thema Essen angelangt, wäre es die einfachste Aufgabe gewesen, ihm zu zeigen, wie unnötig Steuern auf Lebensmittel sind, und die ganze Angelegenheit wäre in angenehm Weise erledigt worden, während ihr gewartet hättet.«

»Ich behaupte nicht, dass es für das Schweizer Volk besser gewesen wäre, mich als seinen Vertreter zu wählen. Ich sage nur, dass ich so gehandelt hätte, wenn man es getan hätte.«

Und Arnold von Sewa zwirbelte seinen Schnurrbart und schaute beleidigt. Seine Freunde schlugen sofort vor, dass es ihm erlaubt sein sollte, das nochmals zu versuchen, wobei die anderen drei versagt hatten, und der Rest der Menge, der wieder zu hoffen begann, griff den Ruf auf. Das Ergebnis war, dass die Besucherglocke des Palastes zum zweiten Mal geläutet wurde. Arnold von Sewa ging hinein, und die Tür wurde hinter ihm zugeschlagen.

Fünf Minuten später kam er heraus und lutschte am ersten Finger seiner linken Hand.

»Nein«, sagte er, »es ist nicht zu machen. Der Tyrann hat mich überzeugt.«

»Ich wusste, dass er es tun würde«, sagte Arnold von Melchthal.

»Dann hättest du mich warnen sollen«, schnappte Arnold von Sewa, der beim Schmerz seines verbrannten Fingers herumtanzte.

»War es heiß?«

»Kochend.«

»Ach!«

»Dann will er uns wirklich nicht von den Steuern befreien?«, fragte die Menge mit enttäuschter Stimme.

»Nein.«

»Über kurz oder lang«, sagte Walter Fürst und holte tief Luft, »werden wir rebellieren müssen!«

»Rebellieren?«, riefen alle.

»Rebellieren!«, wiederholte Walter fest.

»Das werden wir!«, riefen alle.

»Nieder mit dem Tyrannen!«, rief Walter Fürst.

»Nieder mit den Steuern!«, kreischte die Menge.

Es folgte eine Szene von großer Begeisterung. Die letzten Worte wurden von Werner Stauffacher gesprochen.

»Wir brauchen einen Führer«, sagte er.

»Ich will mich nicht vordrängen«, begann Arnold von Sewa, »aber ich muss sagen, wenn es darum geht, zu führen – «

»Und ich kenne genau den richtigen Mann dafür«, sagte Werner Stauffacher. »Wilhelm Tell!«

»Es lebe Wilhelm Tell!«, brüllte die Menge, und als Werner Stauffacher ihnen Zeit gegeben hatte, brachen sie in den traditionellen Schweizer Gesang aus:

For he's a jolly good fellow!	*Denn er ist ein netter Bursche!*
For he's a jolly good fellow!!	*Denn er ist ein netter Bursche!!*
For he's a jolly good fellow!!!!	*Denn er ist ein netter Bursche!!!!*
And so say all of us!	*Und so sagen alle von uns!*

Und nachdem sie dies gesungen hatten, bis sie alle ganz heiser waren, gingen sie in ihre Betten, um ein paar Stunden Schlaf zu bekommen, bevor sie mit der Arbeit des Tages begannen.

Kapitel III

In einem malerischen kleinen Chalet hoch oben in den Bergen, bedeckt mit Schnee und Edelweiß (das ist eine Blume, die in den Alpen wächst und die man nicht pflücken darf), wohnten Wilhelm Tell, seine Frau Hedwig und seine beiden Söhne Walther und Wilhelm junior.

Tell war solch ein bemerkenswerter Mann, dass ich denke, ich muss ihm und seinen bisherigen Taten ein ganzes Kapitel widmen.

Es gab wirklich nichts, was er nicht tun konnte.

Er war der beste Schütze mit der Armbrust in der ganzen Schweiz. Er hatte den Mut eines Löwen, die Trittsicherheit einer wilden Ziege, die Gewandtheit eines Eichhörnchens und einen schönen Bart.

Wenn man jemanden brauchte, der über trostlose Eisfelder eilt und von Fels zu Fels einer Gämse hinterher springt, war Tell der Mann.

Wenn Sie einen Mann wollten, der dem Gouverneur unhöfliche Dinge sagt, dann war es Tell, an den Sie sich zuerst wenden würden.

Einmal, als er in der wilden Schlucht des Schächentals jagte, wo sich Männer kaum hinwagten, traf er den Gouverneur von Angesicht zu Angesicht.

Es gab kein Vorbeikommen. Auf der einen Seite ragte die Felswand steil empor, während unten der Fluss tobte.

Kaum erblickte Gessler den mit der Armbrust heranschreitenden Tell, wurden seine Wangen blass, seine Knie wackelten, und er setzte sich auf einen Felsen und fühlte sich sehr unwohl.

»Aha!«, sagte Tell. »Oho! Du bist es also, ja? Ich kenne dich. Und ein netter Mensch bist du mit deinen Steuern auf Brot und Schafe auch nicht, stimmts?«

»Du wirst eines Tages ein böses Ende nehmen. Ja, das wird mit Dir geschehen. Oh, du alter Ruchloser! Puh!«

Mit einem verächtlichen Blick war er weitergegangen und ließ Gessler zurück, um über das Gesagte nachzudenken.

Und Gessler hegte seither einen Groll gegen ihn und wartete nur auf eine Gelegenheit, es ihm heimzuzahlen.

»Merk dir meine Worte«, sagte Tells Frau Hedwig, als ihr Mann ihr nach dem Abendbrot davon erzählt hatte, »merk dir meine Worte, er wird dir nie verzeihen.«

»Ich werde ihm ausweichen«, sagte Tell. »Er wird mich nicht suchen.«

»Nun, dann pass gut auf«, war Hedwigs Antwort.

Bei einer anderen Gelegenheit verfolgten die Soldaten des Gouverneurs einen seiner Freunde namens Konrad Baumgarten.

Dessen einzige Chance zur Flucht bestand darin, den See während eines heftigen Sturms zu überqueren.

Der Fährmann weigerte sich mit der einfühlsamen Bemerkung: »Was! Muss ich mich in den Rachen des Todes stürzen? Kein Mensch, der bei Sinnen ist, würde das tun!«

Selbst für das doppelte Fahrgeld wollte er mit dem Boot nicht hinausfahren.

Als die Soldaten mit furchtbarem Geschrei heranritten, um sich ihrer Beute zu bemächtigen, sprang Tell in das Boot und brachte seinen Freund mit aller Kraft rudernd nach einer unruhigen Fahrt sicher hinüber.

Das machte Gessler den Gouverneur noch wütender auf ihn.

Aber es war Tell der Schütze, der so außergewöhnlich war.

Es gab niemanden im ganzen Land, der auch nur halb so geschickt war. Er nahm an jedem Treffen im Umkreis von Meilen teil, bei dem ein Schießwettbewerb stattfand, und jedes Mal gewann er den ersten Preis.

Selbst seine Rivalen konnten nicht umhin, sein Können zu loben.

»Seht«, sagten sie, »Tell ist ein richtiger Pottjäger«, und meinten damit einen Mann, der bei jedem Preiswettbewerb dabei war und immer gewann.

Und Tell sagte darauf: »Ja, ich bin wirklich ein Pottjäger, denn ich jage, um den Küchenpott der Familie zu füllen.«

Und das tat er auch. Er kam nie mit leeren Händen von der Jagd nach Hause.

Manchmal war es eine Gämse, die er mitbrachte, und dann bekam sie die Familie am ersten Tag gebraten, an den nächsten vier Tagen kalt und am sechsten Tag gehackt, mit Toastbrotstückchen am Tellerrand.

Manchmal war es nur ein Vogel, und dann sagte Hedwig: »Merke dir meine Worte, dieses Federvieh reicht nicht.«

Aber das tat es dann doch immer, und es kam nie vor, dass es nicht wenigsten einen Vogel zu essen gab.

Tatsächlich führten Tell und seine Familie ein sehr glückliches und zufriedenes Leben, trotz des Statthalters Gessler und seiner Steuern.

Tell war sehr patriotisch. Er glaubte immer, dass sich die Schweizer eines Tages erheben und gegen die Tyrannei des Gouverneurs auflehnen würden, und er pflegte seine beiden Kinder zu drillen, um sie immer in einem Zustand zu halten, in dem sie stets vorbereitet waren.

Sie marschierten umher, schlugen auf Blechdosen und schrien und amüsierten sich insgesamt prächtig, obwohl Hedwig, die keinen Lärm mochte und auch wollte, dass Walther und William ihr bei der Hausarbeit halfen, sich häufig beschwerte.

»Merk dir meine Worte« würde sie sagen, »dieser wachsende Geist des Militarismus in den jungen Leuten und den alten Narren wird zu nichts Gutem führen.«

Was sie meinte, war, dass Jungen, die Soldaten spielen, anstatt ihrer Mutter zu helfen, die Stühle abzustauben und den Küchenboden zu schrubben, aller Wahrscheinlichkeit nach ein schlechtes Ende nehmen werden.

Aber Tell würde sagen: »Wer hofft, sich durchs Leben zu kämpfen, muss bereit sein, Waffen zu schwingen. Macht weiter, meine Jungs!«

Und sie machten weiter.

Und nun hatten sich die Schweizer entschlossen, genau zu diesem Mann zu gehen, damit er ihnen zu Hilfe kommt.

Sie marschierten, schlugen auf Blechbüchsen und schrien.

Als der Hochmut verwirrte Gesslers Sinn,
mehr als eines Monarchen eigen,
stellte er seinen Hut auf eine Stange hin,
vor dem alle sich sollten verneigen.

Da sagte der Patriot Wilhelm Tell,
Österreichs Herrschaft müssen wir alle ertragen,
aber wenn nun auch Stangen regieren offiziell,
will auch ich ein Wort dazu zu sagen!

27

Kapitel IV

Im Dorfgasthaus 'Gläser und Gletscher' besprachen die Bürger die Angelegenheit und kamen zu dem Schluss, dass sie drei Sprecher ernennen sollten, die zu Tell gehen und ihm erklären, was sie von ihm wollten.

»Ich möchte keineswegs prahlen«, sagte Arnold von Sewa, »aber ich glaube, es wäre besser, wenn ich einer der drei bin.«

»Ich habe mir überlegt«, sagte Werner Stauffacher, dass es schade wäre, immer zu wechseln. Warum nicht dieselben drei wählen, die auch zu Gessler geschickt wurden?«

»Ich möchte nicht unangenehm werden«, erwiderte Arnold von Sewa, »aber man muss mir verzeihen, wenn ich den ehrenwerten Herrn, der gerade gesprochen hat, daran erinnere, dass er und seine ebenso ehrenwerten Freunde nicht den besten Erfolg hatten, als sie den Gouverneur aufgesucht hatten.«

»Tja, und du doch auch nicht!«, schnauzte Arnold von Melchthal, dessen Finger ihn noch immer schmerzte und ihn ein wenig schlecht gelaunt machte.

»Das«, sagte Arnold von Sewa, »führe ich ganz auf die Tatsache zurück, dass du und deine Freunde durch mangelndes Taktgefühl den Gouverneur zuvor irritiert und ihn unwillig gemacht habt, auf jemand anderen zu hören. Nichts ist in diesen Angelegenheiten wichtiger als Taktgefühl.«

»Das ist es, was man braucht, Takt. Aber macht es auf eure Art. Kümmert euch nicht um mich!«

Und das taten die Bürger auch nicht. Sie wählten wieder Werner Stauffacher, Arnold von Melchthal und Walter Fürst, und nachdem sie ihre Gläser geleert hatten, stapften die drei den steilen Hügel hinauf, der zu Tells Haus führte.

Es war vereinbart worden, dass alle im Gasthaus 'Gläser und Gletscher' warten sollten, bis die drei Sprecher zurückkehrten, damit sie das Ergebnis ihrer Mission erfahren konnten.

Alle waren sehr ängstlich. Eine Revolution ohne Tell wäre ganz unmöglich, und es war nicht unwahrscheinlich, dass Tell sich weigern würde, ihr Anführer zu sein.

Das Schlimmste an einer Revolution ist, dass, wenn sie scheitert, der Anführer immer als Exempel für die anderen hingerichtet wird. Und viele Menschen lehnen es ab, hingerichtet zu werden, so sehr es auch ein gutes Beispiel für ihre Freunde sein mag. Andererseits war Tell ein mutiger Mann und ein Patriot, der vielleicht nur zu gerne versuchen würde, das Joch des Tyrannen abzuschütteln, egal wie hoch das Risiko war.

Sie hatten etwa eine Stunde gewartet, als sie die drei Wortführer den Hügel wieder hinunterkommen sahen. Tell war nicht bei ihnen, was die Bürger vermuten ließ, dass er ihr Angebot abgelehnt hatte, denn das Erste, was ein Mann tut, wenn er die Führung einer Revolution angenommen hat, ist, sich mit seinen Gefährten zu verschwören.

»Und?«, fragten alle gespannt, als die drei eintrafen.

Werner Stauffacher schüttelte den Kopf.

»Ah«, sagte Arnold von Sewa, »ich sehe gleich, was es ist. Er hat sich geweigert. Ihr habt kein Taktgefühl bewiesen, und er hat abgelehnt.«

"Wir waren taktvoll«, sagte Stauffacher entrüstet, »aber er ließ sich nicht überreden.«

»Es war folgendermaßen: Wir gingen zum Haus und klopften an die Tür. Tell öffnete sie. »'Guten Morgen', sagte ich.

»'Guten Morgen', sagte er. 'Setz dich.'«

»Ich setzte mich.«

»'Mein Herz ist voller Sorge', sagte ich, 'und sehnt sich danach, mit dir zu sprechen.' Ich fand, das war eine nette Art, es zu sagen.«

Die Versammelten murmelten Zustimmung.

»'Ein schweres Herz', sagte Tell, 'wird nicht leicht durch Worte.'«

»Das ist nicht schlecht!«, murmelte Jost von Weiler. »Tell hat eine kluge Art, sich auszudrücken.«

»'Doch Worte', sagte ich, 'könnten uns zu Taten führen.'«

»Geschickt«, sagte Jost von Weiler, »sehr geschickt, jawohl.«

»Worauf Tell mir überraschend antwortete: 'Das einzige, was man tun kann, ist still zu sitzen.'«

»'Was!', sagte ich darauf. 'In der Stille Dinge ertragen, die unerträglich sind?'«

»'Ja', sagte Tell. 'Friedfertigen Menschen wird der Frieden gerne gewährt. Wenn der Gouverneur merkt, dass seine Unterdrückung uns nicht zum Aufstand bringt, wird er des Unterdrückens müde werden.'«

»Und was hast du darauf geantwortet?«, fragte Ulrich der Schmied.

»Ich sagte, er kenne den Gouverneur nicht, wenn er glaubt, dass er jemals des Unterdrückens müde werden könnte. 'Wir könnten viel tun', sagte ich, 'wenn wir zusammenhalten würden. Zusammenhalt ist Stärke', sagte ich.«

»'Der Starke', sagte Tell, 'ist am stärksten, wenn er alleine ist.'«

»'Dann darf unser Land nicht auf dich zählen', sagte ich, 'wenn es verzweifelt auf Selbstverteidigung setzt?'«

»'Oh, nun', sagte er, 'das wohl kaum. Ich will es nicht im Stich lassen. Was ich sagen will, ist, dass ich kein guter Verschwörer oder Ratgeber bin oder so etwas.«

»Wo ich stark bin, das sind die Taten. Ladet mich also nicht zu euren Versammlungen ein und zwingt mich nicht, eine Rede zu halten oder dergleichen; aber wenn ihr einen Mann braucht, der etwas tut – nun, da komme ich ins Spiel, versteht ihr?'«

»'Schreibt mir einfach, wenn ihr mich sehen wollt – eine Postkarte genügt – und ihr werdet nicht feststellen, dass Wilhelm Tell sich drückt', hat er dann gesagt.«

»'Nein, mein Herrn', sagte er noch. Und mit diesen Worten führte er uns hinaus.«

»Nun«, sagte Jost von Weiler, »das nenne ich ermutigend. Alles, was wir jetzt tun müssen, ist, uns zu verschwören. Lasst uns verschwören.«

»Ja, lasst uns verschwören!«, riefen alle.

Ulrich, der Schmied, klopfte auf den Tisch, damit sie ruhig sind.

»Männer«, sagte er, »unser Freund, Klaus von der Flüe, wird jetzt einen Vortrag über 'Gouverneure – ihre Nachteile und wie man sie loswird' halten. Ruhe, meine Herren, bitte. Nun denn, Klaus, alter Knabe, sprich und brings hinter dich.«

Und die Bürger setzten sich ohne weitere Verzögerung zu einer kleinen, ernsthaften Verschwörung zusammen.

Kapitel V

Ein paar Tage danach redete Hedwig, seine Frau, dem Tell ordentlich ins Gewissen, was seine Abenteuerlust betraf. Er saß gerade an der Tür seines Hauses und flickte eine Axt. Hedwig war wie immer beim Abwaschen. Walther und Wilhelm spielten nicht weit entfernt mit einer kleinen Armbrust.

»Vater«, sagte Walther.

»Ja, mein Junge?«

»Meine Bogensehne ist kaputt«, ('kaputt' sagten alle Schweizer Jungen, wenn sie 'gerissen' meinen).

»Die musst du selber flicken, mein Junge«, sagte Tell. »Ein Sportsmann hilft sich immer selbst.«

»Was ich sagen will«, meinte Hedwig und stürmte aus dem Haus, »ist, dass ein Junge in seinem Alter nichts zu suchen hat beim Schießen. Ich finde das nicht gut.«

»Niemand kann gut schießen, wenn er nicht früh genug anfängt zu üben. Als ich ein Junge war, erinnere ich mich an eine Gelegenheit, als – «

»Was ich sagen will«, unterbrach Hedwig, »ist, dass ein Junge nicht immer schießen-wollen-sollte und was noch alles. Er sollte zu Hause bleiben und seiner Mutter helfen. Und ich wünschte mir, du würdest ihnen ein besseres Beispiel geben.«

»Nun, Tatsache ist, sollst du wissen«, sagte Tell, »ich glaube nicht, dass die Natur mich dazu bestimmt hat, ein Stubenhocker oder so etwas zu sein. Ich könnte kein Hirte werden, selbst wenn man mich gut bezahlt. Ich wüsste nicht, was ich tun sollte. Nein, jeder hat sein Spezialgebiet, und meines ist die Jagd. Also werde ich jagen.«

»Eine scheußliche und gefährliche Beschäftigung«, sagte Hedwig. »Ich höre nicht gern, dass du dich auf öden Eisfeldern verirrst und von Klippe zu Klippe springst. Wenn du nicht aufpasst, wirst du eines Tages in einen Abgrund stürzen, von einer Lawine überrollt werden oder das Eis wird brechen, während du es überquerst. Es gibt tausend Möglichkeiten, wie du dich verletzen könntest.«

»Ein Mann mit scharfem Verstand und schnellem Auge«, sagte Tell selbstgefällig, »wird nie verletzt. Der Berg hat keinen Schrecken für seine Kinder. Ich bin ein Kind der Berge.«

»Du bist wirklich ein Kind!«, schnauzte Hedwig. »Es hat keinen Sinn, mit dir zu streiten.«

»Nicht sehr viel«, stimmte Tell zu, »denn ich gehe gerade in die Stadt. Ich habe eine Verabredung mit deinem Papa und einigen anderen Herren« (ich vergaß das vorher zu erwähnen, dass Hedwig die Tochter von Walter Fürst war).

»Also, was hecken du und Papa aus?«, fragte Hedwig. »Ich weiß, dass da etwas im Gange ist. Ich habe es geahnt, als Papa den Werner Stauffacher und den anderen Mann hierher gebracht hat und ich nicht zuhören durfte.«

»Was ist es denn? Ein gefährlicher Plan nehme ich an?«

»Wie um alles in der Welt kommst du auf solche Ideen?«, sagte Tell und lachte.

»Gefährlicher Plan!«, fuhr er fort. »Als ob ich mit deinem Papa gefährliche Pläne schmieden würde!«

»Ich weiß es«, sagte Hedwig. »Du kannst mich nicht täuschen! Es gibt eine Verschwörung gegen den Gouverneur, und du steckst mit drin.«

»Ein Mann muss seinem Land helfen.«

»Sie werden dich sicher dort hinstellen, wo die Gefahr am größten ist. Ich kenne sie. Geh nicht! Schick Walther mit einer Nachricht hinunter, in der du bedauerst, dass eine unglücklicherweise früher getroffene Verabredung, an die ich dich soeben erinnert haben, es dir unmöglich macht, ihre freundliche Einladung zur Verschwörung anzunehmen.«

»Nein, ich muss gehen.«

»Und noch etwas«, fügte Hedwig hinzu, »Gessler, der Gouverneur, ist gerade in der Stadt.«

»Er reist heute ab.«

»Nun, dann warte, bis er weg ist. Du darfst ihm nicht begegnen. Er ist verärgert über dich.«

»Mir kann seine Bosheit nicht viel anhaben. Ich tue, was recht ist, und fürchte keinen Feind.«

»Diejenigen, die richtig handeln«, sagte Hedwig, »sind genau diejenigen, die er am meisten hasst. Und du weißt, dass er dir das nie verziehen hat, was du gesagt hast, als du in der Schlucht auf ihn trafst. Halte dich heute von der Stadt fern. Tu etwas anderes. Geh auf die Jagd, wenn du willst.«

»Nein«, sagte Tell, »ich habe es versprochen. Ich muss gehen. Komm mit Walther.«

»Du willst doch nicht das arme, liebe Kind mitnehmen? Komm her, Walther, sofort!«

»Ich will mit Vater gehen«, sagte Walther und begann zu weinen, denn sein Vater hatte versprochen, ihn mitzunehmen, wenn er das nächste Mal in die Stadt ging, und er hatte sein Taschengeld für diese Gelegenheit gespart.

»Ach, lass den Jungen mitkommen«, sagte Tell. »Wilhelm bleibt doch bei dir, nicht wahr, Wilhelm?«

»Natürlich, Vater«, sagte Wilhelm.

»Merk dir meine Worte«, sagte Hedwig, »wenn nichts Schlimmes passiert, dann würde ich mich das wundern.«

»Oh nein«, sagte Tell. »Was kann schon passieren?«, und ohne weitere Verzögerung machte er sich mit Walther auf den Weg in die Stadt.

Kapitel VI

In der Zwischenzeit hatten sich in der Stadt allerlei Dinge ereignet von denen Tell nichts geahnt hatte. Da es damals in der Schweiz noch keine Zeitungen gab, war er oft ein wenig im Rückstand, was die neuesten Ereignisse anging. Er war in der Regel auf die Besuche seiner Freunde angewiesen, die dann in seiner Küche saßen und ihm alles erzählten, was sich in den letzten Tagen ereignet hatte.

Und wenn dann in der Stadt wirklich etwas sehr Aufregendes passierte, hatte natürlich meistens niemand Zeit, den Hügel zu Tells Chalet hinaufzustapfen. Sie wollten alle in der Stadt sein und sich amüsieren.

Nun war Folgendes geschehen:

Es war das Hauptvergnügen des Gouverneurs Gessler (der, wie Sie sich erinnern werden, kein netter Mann war), sich hinzusetzen und sich eine neue Möglichkeit auszudenken, die Schweizer zu ärgern, immer wenn er ein paar Momente Zeit hatte, um sich von den Sorgen des Regierens zu erholen.

Er war einer jener Menschen, die *'andere nur ärgern, weil sie wissen, dass es sie ärgert'*.

Am meisten mochte er es, etwas zu verbieten. Er fand heraus, was die Leute am liebsten taten, und dann schickte er einen Herold, um zu sagen, dass es ihm sehr leidtäte, aber es müsse aufhören.

Er fand, dass dies die Schweizer mehr als alles andere ärgerte. Aber jetzt war er ziemlich ratlos, was er tun sollte, denn er hatte schon alles verboten, was ihm eingefallen war.

Er hatte das Tanzen, das Singen und das Spielen auf irgendwelchen Musikinstrumenten verboten, weil diese Dinge so einen Lärm machten und die Leute störten, die arbeiten wollten.

Vor allem hatte er das gute Essen verboten, außer Brot und einfachstem Fleisch, weil er sagte, dass alles andere die Leute aufregte und sie unfähig machte, etwas anderes zu tun, als still zu sitzen und zu sagen, wie krank sie waren.

Und er hatte alle Arten von Spielen verboten, weil er meinte, dass sie nur reine Zeitverschwendung wären.

Nun wünschte er sich ganz furchtbar etwas anderes zu verbieten, aber ihm fiel nichts mehr ein.

Doch dann hatte er eine Idee, und die war so:

Er befahl seinen Dienern, eine lange Stange abzusägen. Und sie sägten eine sehr lange Stange ab.

Dann sagte er zu ihnen: »Geht ins Haus und bringt mir einen meiner Hüte. Nicht meinen besten Hut, den ich sonntags und bei feierlichen Anlässen trage, auch nicht meinen zweitbesten, den ich jedem Tag trage, und auch nicht den, den ich trage, wenn ich auf der Jagd bin, denn die alle brauche ich. Bringt mir lieber den ältesten meiner Hüte.« Und sie brachten ihm den allerältesten seiner Hüte.

Dann sagte er: »Setzt ihn oben auf die Stange«, und sie setzten ihn oben auf die Stange.

»Und nun«, befahl er, »geht und stellt die Stange mitten auf der Wiese vor den Toren der Stadt auf.« Und sie gingen hin und stellten die Stange genau in der Mitte der Wiese vor den Toren der Stadt auf.

Danach sandte er seine Herolde aus – nach Norden und Süden und Osten und Westen, um das Volk zusammenzurufen.

Er ließ sie wissen, dass er ihnen etwas sehr Wichtiges und Besonderes mitteilen musste.

Und das Volk kam – zu zehnt und zu fünfzigst und zu hundertst – Männer, Frauen und Kinder.

Sie standen vor den Stufen des Palastes und warteten, bis Gessler, der Statthalter, herauskäme und ihnen etwas sehr Wichtiges und Besonderes mitteilen würde.

Pünktlich um elf Uhr kam Gessler, nachdem er ein kapitales Frühstück beendet hatte, auf die oberste Stufe und sprach zu ihnen.

»Meine Damen und Herren«, begann er, als eine Stimme aus der Menge rief:

»Sprich lauter!«

»Meine Damen und Herren«, begann er wieder, mit lauterer Stimme, und stockte dann:

»Wenn ich den Kerl erwischen könnte, der gesagt hat 'sprich lauter!', würde ich ihn von wilden Elefanten in den Nacken beißen lassen.« Das Volk spendete dem Beifall.

»Ich habe euch heute an diesen Ort gerufen, um euch zu erklären, warum ich eine Stange auf der Wiese vor den Toren der Stadt aufgestellt habe, auf dessen Spitze einer meiner Hüte sitzt.«

»Ich habe das machen lassen, weil ich weiß, dass ihr mich alle respektiert und liebt.«

Hier hielt er inne, damit die Zuhörer jubeln konnten, als sie aber als sie ganz still blieben, fuhr er fort:

»Ihr würdet alle, das weiß ich, gerne jeden Tag in meinen Palast kommen, um mir die Ehre erweisen.

Da kam eine Stimme aus der Menge: »Nein, nein!«

»Wenn ich den Mann erwischen könnte«, sagte er daraufhin, »der 'nein, nein!' gesagt hat, würde ich ihn von rosa Skorpionen in die Fußsohlen stechen lassen; und wenn er derselbe Mann ist, der vorhin 'sprich lauter!' gesagt hat, würde die Zahl der Skorpione verdoppelt werden.«

Wieder lauter Beifall von den Umstehenden.

»Wie ich schon sagte, bevor ich unterbrochen wurde, ich weiß, dass ihr gerne in meinen Palast kommen würdet, um mir dort eure Ehrerbietung zu erweisen. Aber da ihr viele seid und der Platz begrenzt ist, muss ich euch dieses Vergnügen verweigern.

Da ich euch aber nicht enttäuschen möchte, habe ich meinen Hut auf der Wiese aufgestellt und Ihr könnt mir dort Eure Ehrerbietung erweisen. In der Tat, das müsst ihr sogar. Jeder soll auf diesen Hut schauen, als ob ich es wäre.«

Wieder kam eine Stimme: »Er ist nicht so hässlich wie du!«

»Wenn ich den Mann erwischen könnte, der diese Bemerkung gemacht hat, würde ich ihn fesseln und von trainierten Schmeißfliegen ärgern lassen.«

Hier wurde der Beifall der Menge ohrenbetäubend.

»In der Tat, um die Sache kurz zu machen, wenn jemand diese Wiese überquert, ohne sich vor diesem Hut zu verbeugen, werden meine Soldaten ihn verhaften, und ich werde ihn von wütenden Amseln auf die Nase picken lassen.«

»Und nun ihr Soldaten, treibt die Menge auseinander!«

Gessler verschwand wieder im Haus, gerade als eine Salve von faulen Eiern und Kohlköpfen durch die Luft flog.

Und die Soldaten begannen, die Menge durch verschiedenen Straßen zu treiben, bis der Platz vor dem Burgtor ganz leer war.

Das alles geschah am Tag, bevor Tell und Walther in die Stadt aufbrachen.

Kapitel VII

Nachdem er die Stange mit dem Hut auf der Wiese aufgestellt hatte, schickte Gessler zwei seiner Leibwächter, Friesshardt und Leuthold, um dort den ganzen Tag Wache zu halten und dafür zu sorgen, dass niemand vorbeikam, ohne vor der Stange niederzuknien und seinen Hut davor zu ziehen.

Aber die Leute, die stolz darauf waren, dass sie, wie sie es nannten, 'auf der Höhe lebten' und jeder Gelegenheit gewachsen waren, hatten bereits einen Ausweg aus der Schwierigkeit gefunden.

Sie wussten, dass sie sich, wenn sie die Wiese überquerten, vor der Stange mit dem Hut verbeugen mussten, was sie nicht tun wollten.

So kam ihnen der Gedanke, dass ein genialer Weg, dies zu verhindern, darin bestünde, die Wiese einfach nicht zu überqueren.

So gingen sie also den langen Weg drum herum, und die beiden Soldaten verbrachten einen einsamen Tag.

»Lass mich sagen«, meinte Friesshardt, »für was soll es gut sein, wenn wir hier unsere Zeit verschwenden?«

»Keiner von diesen Leuten hier wird sich vor diesem Hut da verbeugen – natürlich nicht.«

»Ich kann mich noch an die Zeit erinnern, als diese Wiese wie ein Jahrmarkt war – alle schoben und drängelten, um sich etwas Luft zu verschaffen, und sieh es dir jetzt an!«

»Es ist eine Wüste. Genau das ist es, eine Wüste!«

»Wozu sollen wir hier unsere Zeit verschwenden. Das will ich sagen.«

»Und sie sind auch raffiniert, wohlgemerkt«, fuhr er fort.

»Erst heute Morgen habe ich zu mir selbst gesagt: 'Friesshardt', habe ich gesagt, 'warte nur bis zwölf Uhr', habe ich gesagt, 'denn dann verlassen sie das Rathaus, und dann müssen sie über die Wiese. Und dann werden wir wohl sehen, was wir sehen wollen« sagte ich.

»So habe ich das gesagt, ganz verbittert war ich, weißt Du.«

»Wir werden wohl sehen«, habe ich gesagt, »was wir sehen wollen.«

»Also warte ich, und um zwölf Uhr kamen sie raus.«

Es waren Dutzende von ihnen, und sie begannen, die Wiese zu überqueren.«

»Und jetzt«, sagte ich zu mir selbst, »halte ich Ausschau nach Spaßvögeln.«

»Aber was geschah?

»Nun, als sie zu der Stange kamen, stand der Priester davor.«

»Der Küster läutete die Glocke, und sie fielen alle auf die Knie. Aber sie sprachen ihre Gebete, sie verbeugten sich nicht vor dem Hut. Das war es, was sie taten.«

»Raffiniert – das sind sie!«

Und Friesshardt trat mit seinem Eisenstiefel heftig gegen den Fuß der Stange.

»Ich glaube«, sagte Leuthold (das ist der dünne Soldat auf dem Bild, das bald kommt) – »es ist meine feste Überzeugung, dass sie über uns lachen.«

»Da! Hör dir das an!«

Eine Stimme machte sich hinter einem nicht weit entfernten Felsen bemerkbar.

»Woher habt ihr den Hut?«, fragte die Stimme.

»Da, siehst du«, brummte Leuthold, »jetzt sind sie wieder mal mit ihren Späßen hinter uns her. Letztes Mal haben sie gesagt 'wer ist dein Hutmacher?'«

»Wir sind die Lachnummer des Ortes. Wir sind wie zwei Schurken am Pranger. Es ist eine Schande für einen, der ein Schwert trägt, vor einem leeren Hut Wache zu halten.«

»Vor einem Hut Ehrerbietung zu leisten! Ich glaube, so ein Befehl ist geradezu eine Torheit!«

»Nun«, sagte Friesshardt, »warum soll man sich nicht vor einem leeren Hut verneigen? Du hast Dich oft genug vor einem leeren Schädel verneigt.«

»Ha, ha! Ich war schon immer für einen Scherz zu haben, weißt du.«

»Da kommen ein paar Leute«, sagte Leuthold. »Na endlich! Leider ist es nur der Pöbel. Leute von der besseren Sorte erwischt man hier keine.«

Am Rande der Wiese begann sich eine Menschenmenge zu versammeln. Ihre Zahl schwoll von Minute zu Minute an, bis eine ganze Hundertschaft des einfachen Volkes zugegen war. Sie standen in Richtung der Stange und unterhielten sich untereinander, aber niemand machte eine Bewegung, um die Wiese zu überqueren.

Schließlich rief jemand: »Hallo!«

Die Soldaten nahmen keine Notiz davon.

Jemand anderes rief: »Buh!«

»Geht weiter, geht weiter!«, riefen die Soldaten.

Aus der Mitte der Menge kamen Rufe wie »wo habt ihr den Hut her?«

Und wenn die Schweizer mal ein Schlagwort erfunden haben, lassen sie es so schnell nicht wieder fallen.

»Wo habt ihr den H-U-T her?«, riefen sie.

Friesshardt und Leuthold standen wie zwei gepanzerte Statuen und schenkten den Bemerkungen des Pöbels keine Beachtung.

Da das aber den Pöbel ärgerte, begannen sie persönlicher zu werden.

»Du da, in der gebrauchten Hummerschalenbüchse«, rief einer – er meinte Friesshardt, dessen Rüstung, obwohl nicht mehr neu, diese Bezeichnung nun doch nicht verdiente – »wer ist dein Hutmacher?«

»Siehst du denn nicht«, rief ein Freund, als Friesshardt keine Antwort gab, »dass das arme Ding nicht lebt? Er ist ausgestopft!«

Gebrüll und Gelächter begleiteten diesen Ausruf.

Friesshardt, obwohl er sich stets über einen Scherz freute, wurde rot.

»Er wird rot!«, brüllte eine Stimme!

Friesshardt wurde lila.

Dann wurde es noch spannender: »He«, sagte eine raue Stimme in der Menge ungeduldig, »was bringt es, mit ihnen zu quatschen. Frau, gib mir ein Ei!«

Kurz danach flog ein Ei über die Wiese und zerplatzte auf Leutholds Schulter.

Die Menge johlte vor Vergnügen. Das war ein richtiger Spaß, dachten sie, und im nächsten Moment verdunkelten Eier, Kohlköpfe, lebende Katzen und Geschosse aller Art die Luft.

Die beiden Soldaten tobten und schrien, wagten aber nicht, ihren Posten zu verlassen.

Endlich, gerade als der Sturm seinen Höhepunkt erreicht hatte, hörte alles wie von Geisterhand auf.

Jeder in der Menge drehte sich um, und als sie das taten, sprang einer in die Luft und winkte mit seinem Hut.

Ein ohrenbetäubender Jubel erhob sich.

»Hurra!«, rief der Pöbel, »da kommt der gute alte Tell! Jetzt gibts einen mächtigen Krach!«

Ein Ei flog über die Wiese und zerplatzte auf Leutholds Schulter.

Die Menge, die am Morgen um die Stange stand,
hatte Grund für ihre Entrüstung,
viele Sachen warfen sie mit der Hand
auf die Invasoren in der Blechdosen-Rüstung.

Und Kohlköpfe prasselten auf sie nieder,
und Äpfel (für die man sich nicht muss schinden),
und faule Eier, damit zeigten sie wieder,
wie dämlich sie ausländische Witze finden.

Tell sprach: »Hat euch der Schurke wirklich gezeigt
den Hut hier zum Herren zu machen
damit sich jeder hier verneigt,
was sind denn das für dumme Sachen?

Das Volk stieß aus einen lauten Schrei,
zwischen Freude und Beklemmung;
er jedoch ging am Symbol vorbei,
das er missachtete, ganz ohne Hemmung.

49

Kapitel VIII

Tell kam herangeschritten, Walther an seiner Seite, die Armbrust über der Schulter. Er wusste nichts darüber, warum der Hut auf die Stange gesetzt worden war, und er war überrascht, eine so große Menschenmenge an der Wiese versammelt zu sehen. Er verbeugte sich in seiner höflichen Art vor der Menge, und die Menge jubelte dreimal und noch einmal, und er verbeugte sich wieder.

»Hallo!« sagte Walther plötzlich, »sieh dir den Hut da oben an, Vater – der auf der Stange da.«

»Was geht uns der Hut an?«, sagte Tell und begann mit großer Würde über die Wiese zu gehen, und Walther ging neben ihm her und versuchte, es ihm gleichzutun.

»Hier! Hallo!«, riefen die Soldaten. »Halt! Du hast dich nicht vor dem Hut verbeugt.«

Tell schaute verächtlich, sagte aber nichts. Walther schaute noch verächtlicher.

»Ho, hallo, du da!«, rief Friesshardt und stellte sich vor ihn. »Im Namen des Kaisers befehle ich dir, anzuhalten.«

»Mein guter Freund«, sagte Tell, »bitte stör mich nicht. Ich bin in Eile. Es gibt wirklich nichts, was dich etwas angeht.«

»Mein Befehl lautet«, sagte Friesshardt, »auf dieser Wiese zu stehen und zu sehen, ob jeder, der hier vorbeikommt, dem Hut dort seine Ehrerbietung erweist. Das sind die Befehle des Gouverneurs, das sind sie. So, jetzt aber!«

»Mein guter Freund«, sagte Tell, »lass mich vorbeigehen. Ich werde das auch machen, das weiß ich.«

Aufmunternde Rufe kamen aus der Menge, die geduldig darauf wartete, dass der Ärger losging. »Mach schon, Tell!«, riefen sie. »Steh nicht rum und rede. Gib ihm einen Tritt!«

Friesshardt wurde von Minute zu Minute wütender. »Mein Befehl lautet«, sagte er wieder, »die zu verhaften, die sich nicht vor dem Hut verbeugen, und für zwei Münzen Sackgeld [umgangssprachlich (CH) = Taschengeld] junger Mann, verhafte ich dich. Also, was solls sein? Entweder du verbeugst dich vor dem Hut dort, oder du kommst mit mir.«

Tell stieß ihn zur Seite und ging mit erhobenem Kinn weiter. Walther ging mit ihm – auch mit dem Kinn in der Luft.

BUMS!

Ein Aufschrei des Entsetzens ging durch die Menge, als sie sah, wie Friesshardt seine Lanze hob und sie mit aller Kraft auf Tells Kopf niederkrachen ließ. Das Geräusch des Schlages hallte über die Wiese, über die Hügel und durch die Täler.

»Autsch!«, schrie Tell.

Friesshardt ließ seine Lanze auf Tells Kopf niederkrachen ließ.

Der erschrockene Wächter starrte wie ein Geist,
ja, wie ein erschrocknes Biest.
Dann rief er »Hallo!, nicht so dreist,
da gibt's was, das du übersiehst!

Er antwortete nicht, Tell unser stämmiger Held,
und ein Schlag kam auf seinen Birne herab;
mit einem Klang, der flog durch die Hügelwelt,
veblüfft warn die Leut, bergauf und bergab.

Konnte Tell eine Beleidigung wie diese,
ignorieren oder vergessen auch?
Nein, der Schweizer Patriot auf der Wiese,
war sehr verärgert, mit viel Wut im Bauch.

Die Leute, jetzt mit Interesse dabei
riefen aus haltet ein, haltet ein!
Denn jetzt gibts eine Keilerei,
Donnerkeil, da wollen wir beteiligt sein!

»Jetzt«, dachte die Menge, »muss es spannend werden.«

Tells erster Gedanke war, dass einer der größeren Berge in der Umgebung auf ihn gestürzt sei.

Dann dachte er, dass es ein Erdbeben gegeben haben muss.

Dann dämmerte es ihm allmählich, dass er von einem einfachen Soldaten mit einer Lanze getroffen worden war.

Dann wurde er wütend.

»Sieh her!«, begann er.

»Nein, du siehst hin!«, unterbrach Friesshardt und zeigte auf den Hut.

»Du hast mit große Schmerzen an meinen Kopf zugefügt«, fuhr Tell fort. »Fühl mal die Beule. Wenn ich nicht zufällig einen besonders harten Kopf hätte, weiß ich nicht, was nicht passiert wäre.

Dann hob er die Faust und schlug Friesshardt; aber da Friesshardt einen dicken eisernen Helm trug, tat ihm der Schlag nicht sehr weh.

Es hatte aber zur Folge, dass die Menge Tell zu Hilfe kam. Sie hatten die ganze Zeit darauf gewartet, dass er mit dem Kampf beginnt, denn obwohl sie sehr darauf bedacht waren, die Soldaten anzugreifen, wollten sie das nicht alleine tun. Sie brauchten einen Anführer.

Als sie aber sahen, dass Tell Friesshardt schlug, krempelten sie die Ärmel hoch, packten ihre Stöcke und Knüppel fester und begannen über die Wiese auf ihn zuzulaufen.

Keiner der Wächter-Soldaten bemerkte dies. Friesshardt war damit beschäftigt, mit Tell zu streiten, und Leuthold lachte über Friesshardt. Als nun die Leute mit ihren Stöcken und Knüppeln heraneilten, wurden sie einfach überrumpelt.

Aber jeder Soldat, der in Gesslers Diensten stand, war tapfer wie ein Löwe, und bald schlugen Friesshardt und Leuthold fröhlich zurück, sodass sich viele aus der Menge wünschten, sie wären zu Hause geblieben.

Die beiden Soldaten waren natürlich gepanzert, sodass es schwierig war, sie zu verletzen; aber die Leute in der Menge, die keine Rüstung trugen, fanden, dass sie dagegen selbst sehr leicht verletzt werden konnten.

Konrad Hunn, zum Beispiel, griff Friesshardt an, als der Soldat zufällig seine Lanze fallen ließ. Sie fiel auf Konrads Zeh, und Konrad humpelte davon, weil er merkte, dass Kämpfen keinen Spaß macht, wenn man keine dicken Stiefel anhat.

Und so hatten die Soldaten im Moment die Vorteile im Kampf.

Kapitel IX

Minutenlang tobte der Streit. Die Erde bebte unter den eisernen Stiefeln von Friesshardt und Leuthold, als sie umher stürmten und rechts und links mit den Fäusten und den flachen Spitzen ihrer Spieße zuschlugen.

Seppi, der Kuhhirte (übrigens ein Vorfahre von Cowboy Buffalo Bill), ging durch einen gewaltigen Schlag Friesshardts zu Boden, und Leuthold schlug Klaus von der Flüe kopfüber nieder.

»Was ihr braucht«, sagte Arnold von Sewa, der den Beginn des Kampfes von seiner Hütte aus gesehen hatte und herbeigeeilt war, um dabei zu sein, damit er jedem – wie üblich – einen Rat kann, sagte, »was ihr braucht, ist List. Das ist es – List und Gerissenheit. Nicht rohe Gewalt wohlgemerkt. Es ist nicht gut, auf einen Mann in einer Rüstung loszustürmen und ihn zu schlagen. Er schlägt nur zurück. Ihr solltet List anwenden. Also beachtet das!«

Diese Worte hatte er am Rande der Menge stehend gesagt. Jetzt ergriff er seinen Knüppel und schlich sich langsam auf Friesshardt zu, der soeben dem Jäger Werni einen solchen Schlag mit seiner Lanze verpasst hatte, dass das Geräusch noch in den Bergen widerhallte, und nun damit beschäftigt war, Jost von Weiler zu beseitigen.

Arnold von Sewa schlich sich heimlich von hinten an und wollte ihm gerade den Knüppel auf den Kopf hauen, als Leuthold, der ihn erblickte, seinen Kameraden rettete, indem er ihm mit aller Kraft seine Lanze in die Seite trieb.

Arnold sagte hinterher, dass es ihm völlig den Atem geraubt hatte. Er überschlug sich, und nachdem einige Minuten lang alle auf ihm herumgetrampelt waren, stand er auf und humpelte zurück zu seiner Hütte, wo er sich sofort ins Bett legte und zwei Tage lang nicht mehr aufstand.

Die ganze Zeit über hatte Tell mit verschränkten Armen etwas abseits gestanden und zugeschaut. Solange es nur ein Streit zwischen ihm und Friesshardt war, hatte er nichts dagegen zu kämpfen. Aber als die Menge mitmachte, fand er es nicht fair, so vielen Männern dabei zu helfen, einen einzelnen anzugreifen, wie schlecht sich dieser auch verhalten haben mag.

Er sah nun, dass die Zeit gekommen war, der Störung ein Ende zu setzen. Er zog einen Pfeil aus seinem Köcher, legte ihn in seine Armbrust und zielte damit auf den Hut.

Als Friesshardt sah, was er vorhatte, stieß er einen Schreckensschrei aus und eilte zu ihm hin, um ihn aufzuhalten. Aber in diesem Moment schlug ihn jemand aus der Menge mit einem Spaten so hart, dass ihm der Helm über die Augen geschlagen wurde, und bevor er ihn wieder ausrichten konnte, war die Tat vollbracht.

Der Pfeil flog durch den Hut und durch den Pfahl und auf der anderen Seite wieder heraus. Und das erste, was Friesshardt sah, als er die Augen öffnete, war Tell, der neben ihm stand und seinen Schnurrbart zwirbelte, während ringsum die Menge tanzte und schrie und ihre Kopfbedeckungen vor Freude in die Luft warf.

Frieshardt eilte heran um ihn aufzuhalten.

Da sagte Tell: Des Herzogs Statthalter fehlt der Verstand,
für diese Anmaßung gibt's was auf die Ohren!
mit meiner guten Armbrust in der Hand,
wird mein Pfeil seinen Hut durchbohren.

»Zurück!«, warf der Soldat wieder ein,
diese Grobheit ist eine Schweinerei!
Und das Volk rief: »Frei werden wir sein!«
Und so wurden sie es auch – ganz richtig frei!

58

Die Menge tanzte und brüllte.

Sie schlugen auf dem Soldaten auf den Helm,
der keine Ahnung hatte und nicht dachte,
welch Aufruhr er ins Leben rief, dieser Schelm,
als den Hieb auf Tells Kopf herunter brachte.

Tells Pfeil der zischte, das Volk das brüllte,
bejubelt wurde seine Tat,
und eine Befriedigung ihn erfüllte,
was man an seiner Miene gesehen hat.

»Nur eine Bagatelle«, sagte Tell bescheiden.

Die Menge jubelte wieder und wieder.

Friesshardt und Leuthold lagen neben der Stange auf dem Boden, fühlten sich sehr wund und zerschrammt und dachten, dass sie vielleicht im Großen und Ganzen besser dortbleiben sollten.

Man konnte nicht wissen, was die Menge danach tun würde, wenn sie wieder anfingen zu kämpfen. So blieben sie auf dem Boden liegen und machten keinen Versuch, den Volksjubel zu stören.

Was sie wollten, so hätte Arnold von Sewa sagen können, wenn er dabei gewesen wäre, waren ein paar Augenblicke völliger Ruhe.

Leutholds Helm war mit Stöcken eingeschlagen worden, bis er ihm über die Augen ging und völlig unförmig war, und Friesshardts Helm sah kaum besser aus.

Beide fühlten sich, als wären sie auf der Straße von einem Pferdefuhrwerk überrollt worden.

»Tell!«, rief die Menge. »Es lebe der Tell! Guter alter Tell!«

»Tell ist der Mann!«, brüllte Ulrich der Schmied. »Kein anderer in der Schweiz hätte diesen Schuss machen können.«

»Nein«, schrien alle, »kein anderer!«

»Eine Rede!«, rief jemand vom Rand der Menge.

»Eine Rede! Eine Rede! Rede! Rede!« Alle griffen den Schrei auf.

»Nein, nein«, sagte Tell und errötete.

"Los, los!«, rief die Menge.

»Oh, ich kann es nicht«, sagte Tell, »ich weiß nicht, was ich sagen soll.«

»Egal, irgendetwas wird reichen.«

»Eine Rede! Eine Rede!«

Ulrich, der Schmied und Ruodi, der Fischer, hoben Tell auf ihre Schultern, und nachdem er ein- oder zweimal gehustet hatte, sagte er:

»Meine Herrschaften – «

Jubel in der Menge.

»Meine Herrschaften«, sagte Tell wieder, »dies ist der stolzeste Moment meines Lebens.«

Noch mehr Beifall.

»Ich weiß nicht, worüber ich sprechen soll. Ich habe noch nie eine Rede gehalten. Entschuldigt meine Aufregung, aber dies ist der stolzeste Moment meines Lebens.«

»Der heutige Tag«, fuhr er fort, »ist ein großer Tag für die Schweiz. Wir haben den ersten Schlag der Revolution ausgeführt. Lasst uns noch mehr zuschlagen.«

»Hört, hört!«, rief die Menge, und viele von ihnen, die Tells letzte Bemerkung missverstanden hatten, schlugen auf Leuthold und Friesshardt ein, bis sie durch den Ruf 'Ruhe!' von Ulrich dem Schmied, gestoppt wurden.

»Meine Herrschaften«, fuhr Tell fort, »die Schleusen der Revolution wurden geöffnet!«

»Von diesem Tag an werden wir durch das Land marschieren und den Sumpf der Unterdrückung, den unser tyrannischer Gouverneur in unsere Mitte gebracht hat, zu Asche verbrennen.«

»Ich muss nur noch hinzufügen, dass dies der stolzeste Moment meines Lebens ist, und – «

Er wurde von einer erschreckten Stimme unterbrochen.

»Passt auf ihr Burschen«, sagte die Stimme, »da kommt der Gouverneur!«

Gessler hatte mit einer Leibgarde bewaffneter Männer die Wiese betreten und galoppierte auf sie zu.

Kapitel X

Gessler kam auf seinem braunen Pferd herangeritten, und die Menge löste sich in alle Richtungen auf, denn man konnte nicht wissen, was der Gouverneur tun würde, wenn er sie bei einer Verschwörung erwischt.

Sie waren entschlossen, sich aufzulehnen und sein tyrannisches Joch abzuschütteln, aber sie zogen es vor, das ruhig und bequem zu tun, wenn er nicht in der Nähe war.

Also rannten sie zum Rand der Wiese, standen dort in Gruppen herum und warteten ab, was passieren würde.

Nicht einmal Ulrich der Schmied und Ruodi der Fischer blieben, obwohl sie genau wussten, dass Tell seine Rede noch lange nicht beendet hatte.

Sie ließen den Redner allein und eilten weg, wobei sie versuchten, so zu tun, als ob sie nichts Besonderes getan hätten und dies auch weiterhin tun würden - nur woanders.

Tell blieb allein, mitten auf der Wiese, bei der Stange stehen. Er wollte nicht weglaufen, wie die anderen, aber es gefiel ihm überhaupt nicht, wie jetzt alles aussah.

Gessler war ein strenger Mann, der jede Beleidigung schnell bestrafte, und da lagen zwei seiner Soldaten auf dem Boden in ihren schönen Rüstungen, die ganz verdorben und verbeult waren. Sein Hut oben auf der Stange war von einem Pfeil durchbohrt und dürfte wohl nie wieder so aussehen wie zuvor, egal wie gut man ihn flicken würde.

Es schien so, dass Tell eine schlimme Zeit bevorstand.

Gessler ritt heran und zügelte sein Pferd.

»Nun denn, nun denn, nun denn!«, sagte er in seiner schnellen, abgehackten Art.

»Was ist das? Was ist das? Was ist das?«

(Wenn ein Mann das, was er sagt, dreimal wiederholt, kann man erkennen, dass er nicht gut gelaunt ist).

Friesshardt und Leuthold standen auf, salutierten und humpelten langsam auf ihn zu.

Sie hielten neben seinem Pferd an und standen stramm. Die Tränen rannen ihnen über die Wangen.

»Komm, komm, komm!«, sagte Gessler, »erzähl mir alles.«

Er tätschelte Friesshardt am Kopf. Friesshardt brüllte vor Schmerz.

Gessler winkte einen seiner Höflinge heran.

»Hast du ein Taschentuch?«, fragte er.

»Ich habe ein Taschentuch, Eure Exzellenz.«

»Dann trockne diesem Mann die Augen.«

Der Höfling tat, wie ihm geheißen wurde.

Ist die Katze weg, tanzen die Mäuse herum
und benehmen sich ganz ungeniert
Gesssler kam zurück, das war dumm
und die Leute waren ganz schockiert.

Und als die Soldaten sich beschwerten,
was wahrlich nicht unbegründet war,
gingen die Leute, die sich nicht weiter scherten,
fort in Sicherheit – alle sogar.

»Nun«, sagte Gessler, als das Trocknen der Augen beendet war und Friesshardts Tränen versiegten, »was ist hier geschehen? Ich hörte einen Schrei 'Hilfe!', als ich heraufkam. Wer rief 'Hilfe!'?«

»Bitte, Euer Hochwohlgeboren«, sagte Friesshardt, »ich war es, Friesshardt.«

»Es reicht, wenn du sagst 'ich wars', sagte Gessler. Fahre fort.«

»Ich bin Euer treuer Diener Exzellenz und in der Armee Eurer Exzellenz, und da mir befohlen wurde, an dieser Stange zu stehen und diesen Hut zu bewachen, stand ich an dieser Stange und bewachte diesen Hut – den ganzen Tag lang, Eure Exzellenz.«

»Und dann kommt dieser Mann hierher, und ich sagte zu ihm: 'Verbeugt euch vor dem Hut', sagte ich.«

»'Ho!', sagt er nur zu mir – 'wirklich nur ho!', und er ging weiter, ohne auch nur zu nicken.«

»Also nehme ich meine Lanze und klopfe ihm auf den Kopf, um ihn daran zu erinnern, dass er etwas vergessen hat, wie man so schön sagt, und er steht auf und schlägt mich. Ja, das tat er.«

»Und dann rennt die Menge mit ihren Stöcken heran und fängt an, mich und Leuthold fürchterlich zu verprügeln, Eure Exzellenz.«

»Und während wir mit ihnen gekämpft haben, hat dieser Mann, von dem ich Ihnen erzähle, Eure Exzellenz, einen Pfeil herausgeholt, ihn in seine Armbrust gesteckt und durch den Hut geschossen.«

»Ich weiß nicht, wie Sie ihn jemals wieder tragen können. Es ist eine Verschwendung eines guten Hutes, Eure Exzellenz – das ist es.«

Und dann schlugen die Leute mich und Leuthold zu Boden und hoben diesen Mann hier – Tell, nennen sie ihn – auf ihre Schultern, und er fängt gerade an, eine Rede zu halten, gerade als Sie hier herkamen, Exzellenz. So war es gewesen.«

Gessler wurde blass vor Wut und blickte Tell, der im festen Griff von zwei der Leibwächter vor ihm stand, grimmig an.

»Ah«, sagte er, »Tell, ja? Guten Tag, Tell. Ich glaube, wir sind uns schon einmal begegnet, Tell? Nicht wahr, Tell?«

»Das sind wir, Eure Exzellenz. Es war in der Schlucht vom Schächental«, sagte Tell mit fester Stimme.

»Dein Gedächtnis ist gut, Tell. Meines auch. Ich glaube, du hast bei dieser Gelegenheit ein paar Bemerkungen zu mir gemacht, Tell - ein paar schwatzhafte Bemerkungen? Nicht wahr, Tell?«

»Gut möglich, Eure Exzellenz.«

»Sie waren nicht gerade höflich, Tell.«

67

»Wenn ich Sie beleidigt habe, tut es mir leid.«

»Es erfreut mich, das zu hören, Tell.«

»Ich denke, du wirst bald selbst sehr traurig sein. Du hast also meine Soldaten schlecht behandelt, nicht wahr?«

»Ich war es nicht, der sie angefasst hat.«

»Oh, du hast sie also nicht angefasst? Ah! Aber du hast dich meiner Macht widersetzt, indem du dich geweigert hast, dich vor dem Hut zu verbeugen. Ich habe den Hut aufgestellt, um das Volk seine Loyalität beweisen kann. Ich fürchte, du bist nicht loyal, Tell.«

»Ich war ein wenig gedankenlos, nicht illoyal. Ich bin an dem Hut vorbeigegangen, ohne nachzudenken.«

»Du solltest immer denken, Tell. Es ist sehr gefährlich, das nicht zu tun. Und ich nehme an, dass du auch deinen Pfeil durch den Hut geschossen hast, ohne nachzudenken?«

»Ich wurde ein wenig von der Aufregung mitgerissen, Eure Exzellenz.«

»Mein Lieber, mein Lieber! Du hast dich also von der Aufregung mitreißen lassen, was? Du musst wirklich vorsichtiger sein, Tell. Eines Tages wirst du dich noch in Schwierigkeiten bringen.«

»Aber es scheint ein sehr guter Schuss gewesen zu sein«, fuhr er fort. »Du bist ein hervorragender Schütze, glaube ich?«

»Vater ist der beste Schütze in der ganzen Schweiz«, meldete sich eine jugendliche Stimme.

»Er trifft einen Apfel auf einem Baum in 100 Meter Entfernung. Ich habe ihn gesehen. Ist es nicht so, Vater?«

Walther, der weggelaufen war, als die Kämpfe begannen, war zurückgekehrt, als er seinen Vater in den Händen der Soldaten sah.

Gessler schaute ihn mit kaltem Blick an.

»Wer ist denn das?«, fragte er.

Kapitel XI

»Es ist mein Sohn Walther, Eure Exzellenz«, sagte Tell.

»Euer Sohn? In der Tat. Das ist sehr interessant. Hast du noch mehr Kinder?«

»Ich habe noch einen Jungen.«

»Und welchen von ihnen liebst du am meisten, eh?«

»Ich liebe sie beide gleichermaßen, Eure Exzellenz.«

»Du liebe Zeit! Eine recht glückliche Familie.«

»Jetzt hör mir mal zu, Tell. Ich weiß, du magst Aufregung, also werde ich versuchen, dir ein wenig davon zu geben.«

»Dein Sohn sagt, du kannst einen Apfel auf einen Baum treffen, der hundert Meter weit weg ist, und ich bin sicher, dass du mit Recht sehr stolz auf eine solche Leistung sein kannst.«

»Friesshardt!«

»Eure Exzellenz?«

»Bring mir einen Apfel.«

Friesshardt hob einen auf. Einige Äpfel waren vorhin auf ihn und Leuthold geworfen worden und deshalb lagen mehrere herum.

»Der ist leider etwas zerschrammt, Eure Exzellenz«, sagte Frieshardt, »er hat mich am Helm getroffen.«

»Ich danke dir. Ich brauche ihn nicht zum Essen«, sagte Gessler.«

»Nun, Tell, ich habe hier einen Apfel – einen einfachen Apfel, nicht überreif. Ich würde gerne deine Kunstfertigkeit testen.»

»Nimm also deine Armbrust – ah, ich sehe, du hast sie schon in der Hand – und mach dich bereit zum Schießen.«

»Ich werde diesen Apfel auf den Kopf deines Sohnes legen. Er wird hundert Meter von dir entfernt stehen, und wenn du den Apfel nicht mit deinem ersten Schuss triffst, ist dein Leben verwirkt.«

Dabei betrachtete er Tell mit einem bösartigen, triumphierenden Blick.

»Eure Exzellenz, das kann nicht sein!«, rief Tell, »die Sache ist zu ungeheuerlich. Vielleicht will Eure Exzellenz ja einen Scherz machen. Man kann einem Vater nicht gebieten, seinem Sohn einen Apfel vom Kopf zu schießen! Bedenkt, Eure Exzellenz!«

»Doch du sollst diesem Jungen den Apfel vom Kopf schießen«, sagte Gessler streng. »Ich scherze nicht. Das ist mein Wille.«

»Eher würde ich sterben«, sagte Tell.

Hier habe ich einen Apfel

Und Tell, bevor der Tyrann das sagte,
kein Helden war, wie man dachte,
denn große Angst ihn plagte,
als Gessler ihm den Vorschlag machte.

Der beste Schütze der Schweiz du bist,
wenn man den Leuten glaubt,
dann zeig uns mal, das es so ist,
und triff den Apfel auf deines Sohnes Haupt.

»Wenn du nicht schießt, stirbst du mit dem Jungen.«

»Komm, komm Tell, warum so vorsichtig? Man hat mir immer gesagt, dass du gefährliche Unternehmungen liebst, und doch beschwerst du dich, wenn ich dir eine gebe.«

»Ich könnte jeden anderen verstehen, der vor diesem Wagnis zurückschreckt. Aber du! Äpfel aus 100 Metern Entfernung zu treffen ist für dich ein Kinderspiel. Und was spielt es für eine Rolle, wo der Apfel ist, ob auf einem Baum oder auf dem Kopf eines Jungen? Es ist ein Apfel, so wie er ist.«

»Mach schon Tell!«

Die Menge, die sah, dass eine Diskussion im Gange war, hatte den Rand der Wiese verlassen und sich um sie geschart, um zuzuhören.

Bei den Worten des Gouverneurs erhob sich ein Stöhnen des Entsetzens.

»Runter auf die Knie Junge«, flüsterte Gesslers Stallmeister, Rudolph der Harras, Tells Sohn Walther zu – »runter auf die Knie, und bitte seine Exzellenz um dein Leben.«

»Das werde ich nicht!«, sagte Walther hartnäckig.

»Kommt schon!«, rief Gessler, »macht dort einen Weg frei – macht einen Weg frei! Beeilt euch. Ich dulde dieses Herumtrödeln nicht.«

»Hör mir zu, Tell, hör mir einen Augenblick zu.«

»Ich finde dich mitten auf dieser Wiese, wie du dich absichtlich über meine Autorität hinwegsetzt und dich über meine Befehle lustig machst. Ich ertappe dich auf frischer Tat, wie du mit Reden den Unmut meines Volkes schürst.«

»Ich könnte dich ohne großes Zutun hinrichten lassen. Aber will ich das? Nein! Niemand soll sagen, dass Hermann Gessler, der Gouverneur, nicht gutherzig ist.«

»Also sage ich mir: 'Ich werde diesem Mann eine Chance geben. Ich lege sein Schicksal in seine eigenen, geschickten Hände.' Wie kann sich ein Mann über harte Behandlung beklagen, wenn er Herr seines eigenen Schicksals ist?«

»Außerdem verlange ich nicht, dass du etwas Schwieriges tust. Ich verlange nur, dass du etwas tust, was für dich ein einfacher Schuss sein muss. Du rühmst dich, treffsicher zu sein. Jetzt ist es an der Zeit, es zu beweisen. Macht den Weg frei!«

Walter Fürst warf sich vor dem Gouverneur auf die Knie.

»Eure Hoheit«, rief er, "niemand leugnet Eure Macht. Lasst sie mit Barmherzigkeit vermischt sein!«

Und er fuhr fort: Ein großer englischer Dichter wird vielleicht in ein paar Hundert Jahren sagen »'es ist ausgezeichnet, die Kraft eines Riesen zu haben, aber es ist tyrannisch, sie wie ein Riese zu gebrauchen'. Nimm die Hälfte meines Besitzes, aber verschone meinen Schwiegersohn.«

Aber Walther Tell unterbrach ihn ungeduldig und forderte seinen Großvater auf, sich zu erheben und nicht vor dem Tyrannen zu knien.

»Wo soll ich stehen?" fragte er dann. »Ich habe keine Angst. Vater kann einen Vogel im Flug treffen.«

»Ihr seht die Linde dort drüben«, sagte Gessler zu seinen Soldaten, »nehmt den Jungen und bindet ihn daran fest.«

»Ich lasse mich nicht anbinden!«, rief Walther. »Ich habe keine Angst. Ich werde stillstehen, ich werde nicht atmen, aber wenn ihr mich festbinden wollt, werde ich treten!«

»Lass uns wenigstens deine Augen verbinden«, sagte Rudolph der Harras.

»Glaubst du, ich fürchte mich davor, Vater schießen zu sehen?«, sagte Walther. »Ich rühre nicht eine Wimper. Vater, zeig dem Tyrannen, wie du schießen kannst. Er denkt, du wirst daneben schießen. Ist er nicht ein alter Esel?«

»Nun gut junger Mann«, murmelte Gessler, »wir werden sehen, wer in fünf Minuten lacht.«

Und noch einmal forderte er die Menge auf, zurückzutreten und Tell den Weg zum Schießen freizugeben.

Kapitel XII

Die Menge wich zurück und hinterließ eine Gasse, die Walther mit dem Apfel in der Hand entlangschritt. Es herrschte Totenstille, als er vorbeiging. Dann fingen die Leute an, aufgeregt miteinander zu flüstern.

»Soll das vor unseren Augen geschehen?«, sagte Arnold von Melchthal zu Werner Stauffacher. »Was hat es genützt, dass wir einen Eid geschworen haben, uns aufzulehnen, wenn wir dies zulassen? Lasst uns aufstehen und den Tyrannen erschlagen.«

Werner Stauffacher, der besonnene Mann, kratzte sich nachdenklich am Kinn.

»Nu-u-n«, sagte er, »siehst du, die Schwierigkeit ist, dass wir nicht bewaffnet sind und die Soldaten schon. Es gibt nichts, was mir mehr Spaß machen würde, als den Tyrannen zu erschlagen, nur habe ich eine Ahnung, dass der Tyrann umgekehrt uns erschlagen würde. Verstehst du, worauf ich hinaus will?«

»Warum waren wir so träge!«, stöhnte Arnold. »Wir hätten uns viel früher erheben sollen, dann wäre das nicht passiert. Wer hat uns denn geraten, dass so lange hinzuziehen?«

»Nu-u-n«, sagte Stauffacher wieder, der soeben selbst zur Zurückhaltung geraten hatte, »ich kann mich im Augenblick nicht recht erinnern, aber ich wage zu behaupten, dass du es herausfinden kannst, wenn du im Protokoll unserer letzten Sitzung nachsiehst. Ich weiß, dass der Antrag mit einer Mehrheit von zwei Stimmen angenommen wurde.«

»Aber sieh doch! Gessler wird ungeduldig.«

Gessler, der schon seit einiger Zeit auf seinem Pferd herumzappelte, ergriff nun wieder das Wort und drängte Tell zur Eile.

»Fang an!«, rief er – »fang an!«

»Sofort«, antwortete Tell und legte den Pfeil auf die Sehne.

Gessler begann erneut, ihn zu verspotten.

»Siehst du nun«, sagte er, »was die Gefahr beim Tragen von Waffen ist? Ich weiß nicht, ob du es jemals bemerkt hast, aber Pfeile kommen sehr oft zu dem Mann zurück, der sie trägt.

Der einzige Mann, der ein Recht hat, eine Waffe zu besitzen, ist der Herrscher eines Landes – ich selbst zum Beispiel. Ein niederer, gemeiner Kerl – wenn du die Bezeichnung verzeihst – wie du selbst einer bist, wird nur hochmütig, wenn er bewaffnet ist und beleidigt so die, welche über ihm stehen.

Aber das geht mich natürlich nichts an. Ich sage dir nur, was ich darüber denke. Ich persönlich mag es, meine Untertanen zum Schießen zu ermuntern, deshalb gebe ich dir ein so prächtiges Ziel zum Schießen. Siehst du, Tell?«

Tell antwortete nicht. Er hob seine Armbrust und richtete sie aus. Es herrschte Aufregung in der Menge, vor allem in dem Teil der Versammlung, die zu seiner Rechten stand, denn Tell hatte sich mit zitternder Hand zum ersten Mal in seinem Leben vertan und den Pfeil nicht auf seinen Sohn, sondern mitten in das Herz der Menge gerichtet.

»Hier! Hallo! Das ist die falsche Richtung! Mehr nach links!«, riefen die Leute in Panik, während Gessler vor Lachen brüllte und Tell aufforderte, zu schießen und es zu wagen.

»Wenn du den Apfel oder deinen Sohn nicht triffst«, kicherte er, »so kannst du doch einen deiner lieben Landsleute zu Fall bringen.«

Tell senkte seine Armbrust, und ein Seufzer der Erleichterung ging durch die Menge.

»Meine Augen schwimmen in Tränen«, sagte er, »ich kann nichts sehen.«

Dann wandte er sich direkt an den Gouverneur:

»Ich kann nicht schießen«, sagte er, »eure Soldaten sollen mich töten.«

»Nein«, sagte Gessler, »nein, Tell. Das ist überhaupt nicht das, was ich will. Wenn ich gewollt hätte, dass meine Soldaten dich töten, hätte ich nicht auf eine formelle Einladung von dir gewartet. Ich habe nicht den Wunsch, dass du getötet wirst. Nicht im Moment. Ich möchte sehen, wie du schießt.«

Das Ziel, so wie man sagt,
lag in der Richtung wo der Apfel lag,
und es gibt niemanden der hinterfragt;
die Aufregung bei Schützen an diesem Tag.

Dass Angst hat sich Tells Brust gelegt
war klar, wie alle fanden,
und wie man sieht, waren auch aufgeregt,
die Leute die um ihn standen.

»Komm, Tell, man sagt, du kannst alles und hast vor nichts Angst. Erst neulich hast du, wie ich höre, einen Mann, einen gewissen Baumgartner – so hieß er, glaube ich – in einem offenen Boot über eine raue See gefahren. Erinnerst du vielleicht? Ich wollte den Baumgartner unbedingt fangen, Tell.«

»Nun, das hier ist ein Kunststück, das viel weniger Mut erfordert. Einfach einen Apfel vom Kopf eines Jungen zu schießen. Das könnte ein Kind machen.«

Während er sprach, hatte Tell schweigend dagestanden, die Hände zitternd und die Augen starr, mal auf den Gouverneur, mal auf den Himmel gerichtet. Jetzt griff er nach seinem Köcher, entnahm dort einen zweiten Pfeil und steckte ihn in seinen Gürtel. Gessler beobachtete ihn, sagte aber nichts.

»Schieß, Vater!«, rief Walther vom anderen Ende der Gasse, »ich habe keine Angst.«

Tell, der jetzt wieder ruhig war, hob seine Armbrust und zielte mit fester Hand. Alle beugten vorwärts. Die vorderen Reihen sagten den hinteren vergeblich, dass es nichts bringt, wenn man drängt. Gessler beugte sich über den Hals seines Pferdes und spähte eifrig zu Walther hinüber. Ein großes Schweigen legte sich über alle, als Tell die Sehne löste.

»Patsch!«, machte die Sehne, und der Pfeil sauste durch die Luft. Ein Moment der Spannung, dann erhob sich ein gewaltiger Jubel unter den Zuschauern. Der Apfel war von Walthers Kopf gefallen, durchbohrt in seiner Mitte.

Und Gessler sprach, ich schaue zu,
beil dich, reiß dich zusammen,
schießt du daneben, wirst sterben du,
das sollte deinen Mut entflammen

Der Pfeil könnte sein Ziel verfehlen
und seinen Sohn verletzen,
doch dann kam ein Jubel aus vielen Kehlen
Volltreffer – des Apfels Mitte in Fetzen!

81

Kapitel XIII

Sofort herrschte helle Aufregung. Die Spannung war vorbei, die Menge jubelte immer wieder, schüttelte sich die Hände und warf die Kopfbedeckungen die Luft. Alle waren begeistert, denn alle mochten Tell und Walther.

Es freute sie auch, den Gouverneur enttäuscht zu sehen. Er hatte so lange seinen Willen durchgesetzt, dass es eine angenehme Abwechslung war, ihn auf diese Weise vor den Kopf gestoßen zu sehen. Nie mehr, seit die Schweiz eine Nation wurde, war die Wiese vor den Toren der Stadt Schauplatz solchen Jubels gewesen.

Walther hatte den Apfel mit dem Pfeil, der ihn durchbohrt hatte, aufgelesen und zeigte ihn stolz allen seinen Freunden. »Ich habe es euch gesagt«, sagte er immer wieder, »ich wusste, dass Vater mir nicht wehtun würde. Vater ist der beste Schütze in der ganzen Schweiz.«

»Das war in der Tat ein vortrefflicher Schuss!«, rief Ulrich der Schmied, »er wird durch alle Zeit erklingen. Solange die Berge stehen, wird die Geschichte von Tell, dem Armbrustschützen, erzählt werden.«

Rudolf der Harras nahm den Apfel von Walther und zeigte ihn Gessler, der wie gebannt auf seinem Pferd saß.

»Sehen Sie«, sagte er, »der Pfeil ist genau durch die Mitte gegangen. Es war ein Meisterschuss.«

»Es war sehr nahe an einem 'Meister-Tell-Schuss'«, sagte Pfarrer Rösselmann ernst und fixierte den Gouverneur mit einem strengen Blick.

Gessler gab keine Antwort. Er saß da und schaute missmutig auf Tell, der seine Armbrust niedergelegt hatte und regungslos dastand, immer noch in die Richtung blickend, in die der Pfeil geflogen war.

Niemand mochte der Erste sein, der mit ihm sprach.

»Nun«, sagte Rudolph der Harras und brach das unangenehme Schweigen, »ich nehme an, es ist jetzt alles vorbei? Auch wir können jetzt weiterziehen, nicht wahr?«

Er biss ein großes Stück aus dem Apfel, den er immer noch in der Hand hielt. Walther stieß einen Schrei aus, als er den Bissen verschwinden sah. Bis jetzt hatte er keine Anzeichen von Bestürzung gezeigt, trotz der Gefahr, der er sich ausgesetzt hatte; aber als er Rudolph dabei zusah, wie er den Apfel aß, den er natürlich als sein Eigentum betrachtete, konnte er nicht länger schweigen. Rudolf reichte ihm den restlichen Apfel mit einer Entschuldigung, und er begann zufrieden zu mampfen.

"Komm mit mir zu deiner Mutter, mein Junge", sagte Rösselmann. Walther nahm keine Notiz davon, sondern aß weiter den Apfel.

Tell kam mit einem Schreck zu sich, schaute sich nach Walther um und begann, ihn in Richtung seines Hauses zu führen, taub für all den Jubel, der um ihn herum herrschte.

Gessler lehnte sich in seinem Sattel vor.

»Tell«, sagte er, »auf ein Wort mit dir.«

Tell kam zurück.

»Eure Exzellenz?«

»Bevor du gehst, möchte ich, dass du mir eine Sache erklärst.«

»Tausend Sachen, wenns sein muss, Eure Exzellenz.«

»Nein, nur eine. Als du dich bereitgemacht hattest auf den Apfel zu schießen, legtest du einen Pfeil in die Sehne und stecktest einen zweiten in deinen Gürtel.«

»Ein zweiter Pfeil?«. Tell tat so, als wäre er sehr erstaunt, aber der Schein täuschte den Gouverneur nicht.

»Ja, ein zweiter Pfeil. Warum hast du das gemacht? Was hattest du mit diesem Pfeil vor, Tell?«

Tell blickte unruhig zu Boden und drehte seine Armbrust in den Händen herum.

»Mein Herr«, sagte er schließlich, »das ist ein Brauch der Armbrustschützen. Alle Armbrustschützen stecken einen zweiten Pfeil in ihren Gürtel.«

»Nein, Tell«, sagte Gessler, »ich kann diese Antwort nicht als die Wahrheit annehmen. Ich weiß, dass das, was du getan hast, eine andere Bedeutung hatte.«

»Sag mir den Grund, ohne etwas zu verheimlichen. Warum war es so?

Dein Leben ist in Sicherheit, was immer es war, also sprich es aus. Warum hast du den zweiten Pfeil herausgeholt?«

Tell hörte auf, mit seiner Armbrust zu hantieren und schaute dem Gouverneur fest in die Augen.

»Da Ihr mir mein Leben versprochen habt, Eure Exzellenz«, antwortete er und richtete sich auf, »werde ich es Euch sagen.«

Er zog den Pfeil aus seinem Gürtel und hielt ihn hoch.

Die Menge drängte nach vorne und hing an seinen Worten.

»Hätte mein erster Pfeil«, sagte Tell ruhig, »mein Kind durchbohrt und nicht den Apfel, so hätte dieser zweite Euch durchbohrt, mein Herr. Wäre mein erster Schuss danebengegangen, so seien Sie gewiss, mein Herr, dass mein zweiter sein Ziel gefunden hätte.«

Ein zustimmendes Gemurmel ging durch die Menge, als Tell den Pfeil zurück in den Köcher steckte und sich mit verschränkten Armen und funkelnden Augen dem Gouverneur zuwandte.

Gessler wurde weiß vor Wut.

»Ergreift den Mann!«, rief er.

'Ergreift den Mann!', rief er.

Als der erste Pfeil den Apfel hat gespalten
rief Gessler entrüstet aus
Wozu tust du bereit einen zweiten halten?
Komm, sag es frei heraus!

Den zweiten braucht ich, so sag ich jetzt offen,
sprach Tell, der den Pfeil aus dem Gürtel nimmt,
denn hätte der erste meinen Sohn getroffen,
war dieser dann für Euch bestimmt.

»Mein Herr, bedenken Sie«, flüsterte Rudolph der Harras, »Sie haben ihm sein Leben versprochen. Tell, hau ab!«, rief er.

Tell rührte sich nicht.

»Ergreift den Mann und fesselt ihn«, brüllte Gessler noch einmal.

»Wenn er sich wehrt, dann schneidet ihm den Kopf ab.«

»Ich werde mich nicht wehren«, sagte Tell verächtlich.

»Ich hätte wissen müssen, wie töricht es ist, einem Tyrannen zu vertrauen, dass er sein Wort hält.«

»Mein Tod wird meinen Landsleuten wenigstens zeigen, was die Versprechen ihres Gouverneurs wert sind.«

»Nicht doch«, antwortete Gessler, »niemand soll sagen, ich hätte je mein ritterliches Wort gebrochen.«

»Ich habe dir dein Leben versprochen, und ich werde dir dein Leben geben.

»Du bist aber ein gefährlicher Mann, Tell, und vor solchen muss ich mich hüten.«

»Du hast mir von deiner mörderischen Absicht erzählt. Ich muss dafür sorgen, dass diese Absicht nicht erfüllt wird.«

»Das Leben, das ich dir versprochen habe, werde ich dir auch geben. Aber von Freiheit habe ich nichts gesagt.

In meiner Burg in Küssnacht gibt es Kerker, in die nie ein Sonnen- oder Mondstrahl fällt.«

»An Händen und Füßen gefesselt wirst du kaum auf mich schießen können.«

»Tell, es ist unvorsichtig, denen zu drohen, die Macht über dich haben.«

»Soldaten, fesselt ihn und führt ihn zu meinem Boot. Ich werde folgen und ihn selbst nach Küssnacht führen.«

Die Soldaten fesselten Tells Hände.

Er leistete keinen Widerstand, und unter dem Stöhnen des Volkes wurde er ans Ufer des Sees geführt, wo Gesslers Boot vor Anker lag.

»Unsere letzte Chance ist vertan«, sagten die Leute zueinander.

»Wo sollen wir jetzt nach einem Anführer suchen?«

Er wurde zum Ufer des Sees gebracht.

Und der Tyrann sprach zornig und hart
lasst uns aufhören mit dem Geschwätze
du benimmst dich wirklich in einer Art
die ich wohl gar nicht schätze

Du kommst in den Kerker, das sag ich dir!
Und sie fesselten und sie knebelten ihn,
zu Gesslers Burg ging es, nicht weit von hier
und durchs Dorf schleppten sie ihn dahin.

89

Kapitel XIV

Die Burg von Küssnacht stand auf der gegenüberliegenden Seite des Vierwaldstädtersees, eine mächtige Steinmasse, die sich auf einer noch mächtigeren Felswand erhob, die hoch aus den wogenden Wellen ragte.

Steile Felsen von fantastischer Form säumten sie, und viele Boote liefen vor ihnen auf Grund, die von den vielen Stürmen, die über den See fegten, dorthin getrieben wurden.

Gessler und seine Männer, mit Tell in ihrer Mitte, gefesselt und unbewaffnet, schifften sich am frühen Nachmittag in Flüelen ein, was der Name des Hafens ist, in dem das Boot des Gouverneurs angelegt hatte. Flüelen lag etwa zwei Meilen von Küssnacht entfernt.

Als sie an dem Boot angekommen waren, gingen sie an Bord, und Tell wurde auf den Boden des Laderaums gelegt. Es war stockdunkel, und Ratten huschten über seinen Körper, während er dort lag.

Die Taue wurden abgeworfen, die Segel füllten sich, und das Boot machte sich auf den Weg über den See, unterstützt von einer günstigen Brise.

Eine große Anzahl von Schweizer war Tell und seinen Häschern in den Hafen gefolgt und blickte traurig dem in der Ferne schwindenden Boot nach.

Es war über einen Rettungsversuch geflüstert worden, aber niemand hatte es gewagt, ihn zu beginnen, und das Geflüster hatte folglich zu nichts geführt.

Nur wenige der Menschen trugen Waffen, und die Soldaten waren in Rüstungen gekleidet, und jeder hatte eine lange Lanze oder ein scharfes Schwert dabei.

Wie Arnold von Sewa gesagt hätte, wenn er anwesend gewesen wäre, war das, was die Leute brauchten, Besonnenheit.

Es war sinnlos, Männer anzugreifen, die sich so gut verteidigen konnten. Deshalb sahen die Menschen nur zu und stöhnten, taten aber nichts.

Eine Zeit lang trieb das Boot dahin und durch eine ruhige See.

Tell lag unten und lauschte dem Getrampel der Schiffersleute, die über das Deck liefen, und gab alle Hoffnung auf seine Heimat und seine Freunde jemals wiederzusehen.

Doch schon bald bemerkte er, dass das Boot mehr rollte und stampfte als am Anfang, und es dauerte nicht lange, bis er erkannte, dass ein sehr heftiger Sturm eingesetzt hatte.

Solche Stürme kamen sehr plötzlich auf dem See auf und machten ihn für Boote, die versuchten, ihn zu überqueren, sehr unsicher.

Oft war die See zu Beginn der Überfahrt ganz ruhig, und am Ende war sie rau genug, um das größte Schiff zu zerstören.

Tell begrüßte den Sturm. Er hatte keine Lust mehr, zu leben, wenn das Leben jahrelange Gefangenschaft in einem dunklen Kerker in der Burg von Küssnacht bedeutete.

Ertrinken wäre im Vergleich dazu ein angenehmes Schicksal.

Er lag auf dem Boden des Boots und hoffte, dass die nächste Welle sie auf einen Felsen schleudern und auf den Grund des Sees schicken würde.

Das Schlingern wurde immer schlimmer. Gessler stand auf dem Deck neben dem Steuermann und blickte ängstlich über das Wasser zu den Felsen, die den schmalen Eingang zur Bucht, einige Hundert Meter östlich von Schloss Küssnacht, säumten.

Diese Bucht war auf einer langen Strecke die einzige Stelle entlang der Küste, an der man sicher landen konnte.

Auf beiden Seiten war sie kilometerweit mit großen Felsen übersät, die ein Boot in einem Nu in Stücke gerissen hätten.

In diese Bucht hinein wollte Gessler das Boot lenken lassen.

Der Steuermann sagte ihm aber, dass er nicht sicher sein könne, den Eingang zu finden, so groß war die Gischtwolke, die ihn bedeckte. Ein Fehler würde Schiffbruch bedeuten.

»Mein Herr«, sagte der Steuermann, »ich habe weder Kraft noch Geschick, das Ruder zu führen. Ich weiß nicht, in welche Richtung ich mich wenden soll.«

»Was sollen wir tun?«, fragte Rudolph der Harras, der in der Nähe stand.

Der Steuermann zögerte. Dann sprach er und schaute den Gouverneur unruhig an.

»Tell könnte uns hindurchsteuern«, sagte er, »wenn Eure Lordschaft ihm nur das Ruder überlassen würde.«

Gessler erschrak.

»Tell!«, murmelte er. »Sag!«

Das Boot näherte sich den Felsen.

»Bringt ihn her«, sagte Gessler.

Zwei Soldaten stiegen in den Laderaum hinab und befreiten Tell. Sie forderten ihn auf, aufzustehen und mit ihnen zu kommen.

Tell folgte ihnen an Deck und stellte sich vor den Gouverneur.

»Tell«, sagte Gessler.

Tell sah ihn an, ohne zu sprechen.

»Nimm das Ruder, Tell«, sagte Gessler, »und steuere das Boot durch die Felsen in die jenseitige Bucht, oder der sofortige Tod soll dein Los sein.«

Ohne ein Wort nahm Tell den Platz des Steuermanns ein und spähte scharf in die Schaumwolke vor ihm hinein.

Er drehte den Kopf des Boots nach rechts und dann nach links und wieder nach rechts, mitten in die Gischt.

Sie waren jetzt direkt zwischen den Felsen, aber das Boot lief nicht auf sie auf.

Zitternd und stampfend wurde es vorwärtsgetrieben, bis plötzlich die Gischtwolke hinter ihm war und vor ihm das ruhige Wasser der Bucht.

Gessler winkte dem Steuermann zu.

»Übernimm wieder das Ruder«, sagte er.

Dann zeigte er auf Tell.

»Fesselt ihn«, sagte er zu den Soldaten.

Die Soldaten kamen langsam vor, denn es widerstrebte ihnen, den Mann zu fesseln, der sie gerade vor dem Untergang bewahrt hatte.

Der Befehl des Gouverneurs musste aber befolgt werden, und so kamen sie auf Tell zu und trugen Seile, mit denen sie ihn fesseln konnten.

Tell wich einen Schritt zurück.

Das Boot glitt an einem hochragenden Felsen vorbei. Es war ein solcher Felsen, auf den Tell oft geklettert war, wenn er die Gemsen jagte.

Er handelte mit der Schnelligkeit des Jägers, schnappte sich die Armbrust und den Köcher, die auf dem Deck lagen, sprang auf das Schanzkleid des Boots und erklomm mit einem gewaltigen Sprung den Felsen.

Nach einem kurzen Moment war außer Reichweite.

Gessler brüllte seine Schützen an.

»Schießt! Schießt!«, schrie er.

Die Schützen legten eilig ihre Pfeile auf die Sehne. Sie kamen zu spät. Tell war vor ihnen bereit.

Es gab ein Zischen, als der Schaft durch die Luft sauste, und im nächsten Moment fiel Gessler, der Gouverneur, tot auf das Deck, durchbohrt vom Herzen.

Tells zweiter Pfeil hatte sein Ziel gefunden, so wie sein erster es getan hatte.

Tells zweiter Pfeil hatte sein Ziel gefunden

Zwischen Glas und Lippe
wo man es niemals denkt
gibt es manche Klippe,
nur Tell wusste jetzt wie man lenkt

Von allen Händen, kommt man zum Schluss,
bekam er am schnellsten die Oberhand
auf Gessler gab er einen Abschiedsschuss
und ging zum Abendbrot, in sein Heim im Alpenland

Kapitel XV

Viel mehr gibt es von der Geschichte Wilhelm Tells nicht zu berichten. Der Tod von Gessler war das Signal für die Schweizer, sich zu erheben, und bald war das ganze Land in Waffen gegen die Österreicher. Es war vor allem die Angst vor dem Statthalter gewesen, die einen Aufstand zuvor verhindert hatte. Er hatte sich seit Langem angebahnt.

Das Volk hatte sich mit einem feierlichen Schwur verpflichtet, den Feind aus dem Land zu vertreiben. In der ganzen Schweiz liefen die Vorbereitungen für eine Revolution, und Adel und Bauern hatten sich zusammengeschlossen.

Als die Nachricht von der Ermordung des Gouverneurs eintraf, wurden in jeder Stadt der Schweiz Volksversammlungen abgehalten, und es wurde beschlossen, die Revolution sofort zu beginnen.

Alle Festungen, die Gessler in den Jahren seiner Herrschaft gebaut hatte, wurden noch in derselben Nacht gestürmt. Die letzte, die fiel, war eine, der Bau erst vor Kurzem begonnen wurde, und die Leute, die gezwungen worden waren, beim Bau mitzuhelfen, verbrachten eine sehr fröhliche Zeit damit, die Steine abzureißen, die sie so viel Arbeit gekostet hatten, um sie an ihren Platz zu bringen.

Sogar die Kinder halfen mit. Es war ein großes Vergnügen für sie, kaputtzumachen, was ihnen gefiel, ohne dass man es ihnen verbot.

»Seht«, sagte Tell, während er sie beobachtete, »in späteren Jahren, wenn dieselben Kinder grauhaarig sind, werden sie sich an diese Nacht so frisch erinnern wie an die von morgen.«

Eine Reihe von Leuten eilte herbei und trug die Stange, die Gesslers Soldaten auf der Wiese aufgestellt hatten. Der Hut lag noch darauf, von Tells Pfeil an das Holz genagelt.

»Hier ist der Hut!«, rief Ruodi der Fischer« – der Hut, vor dem wir uns verbeugen sollten!«

»Was sollen wir damit machen?«, riefen mehrere Stimmen.

»Ihn zerstören! Verbrennt ihn!«, sagten andere. »In die Flammen mit diesem Zeichen der Tyrannei!«

Aber Tell hielt sie auf:

»Lasst es uns bewahren«, sagte er. »Gessler hat es als Mittel zur Versklavung des Landes errichtet; wir werden es als Mahnmal unserer neugewonnenen Freiheit aufstellen. Edel wird der Eid erfüllt, den wir geschworen haben, um die Tyrannen aus unserem Land zu vertreiben. Der Pfahl soll die Stelle markieren, wo die Revolution endete.«

»Aber ist sie beendet?«, fragte Arnold von Melchthal. »Das ist doch der Punkt. Wenn der Kaiser von Österreich hört, dass wir seinen Freund Gessler getötet und alle seine schönen neuen Festungen niedergebrannt haben, wird er dann nicht hierher kommen, um sich zu rächen?«

»Er wird«, sagte Tell.

»Und er soll kommen, und wenn er will, alle seine mächtigen Armeen mitbringen.«

»Wir haben den Feind, der in unserem Land war, vertrieben. Wir werden jeden Feind, der aus einem anderen Land kommt, stellen und vertreiben.«

»Die Schweiz ist nicht leicht zu überfallen. Es gibt nur ein paar Gebirgspässe, über die sich der Feind nähern kann. Wir werden sie mit unseren Körpern aufhalten.«

»Und eine große Stärke haben auch noch:«

»Wir sind geeint und geeint brauchen wir keinen Feind zu fürchten.«

»Hurra!«, riefen alle.

»Aber wer ist das, der da kommt?«, fragte Tell.

»Er scheint aufgeregt zu sein. Vielleicht bringt er Neuigkeiten.«

Es war Rösselmann, der Pastor, und er brachte wirklich aufregende Neuigkeiten.

»Das sind seltsame Zeiten, in denen wir leben«, sagte Rösselmann und kam heran.

»Was ist denn geschehen?«, riefen alle.

»Hört und staunt!«

»Warum, was ist denn los?«

»Der Kaiser – «

»Ja?«

»Der Kaiser ist tot.«

»Was! Tot?«

»Tot!«

»Unmöglich! Woher haben Sie die Nachricht?«

»Johannes Müller aus Schaffhausen brachte sie. Und er ist ein ehrlicher Mann.«

»Aber wie ist es passiert?«

»Als der Kaiser von Stein nach Baden ritt, fielen die Herren von Eschenbach und Tegerfelden, die, wie man sagt, auf seine Macht eifersüchtig waren, mit ihren Speeren über ihn her.«

»Seine Leibwache war auf der anderen Seite eines Baches, den der Kaiser gerade überquert hatte, und sie konnten ihm nicht helfen.«

»Er war auf der Stelle tot."

Durch den Tod des Kaisers konnte die Revolution in der Schweiz ungehindert weitergehen.

Der Nachfolger des Kaisers hatte zu viel damit zu tun, sich gegen die Mörder seines Vaters zu verteidigen, als dass er daran denken konnte, die Schweizer anzugreifen, und als er Zeit hatte, waren sie zu stark, um angegriffen zu werden.

So wurden die Schweizer frei.

Wilhelm Tell aber zog sich in sein Haus zurück und lebte dort sehr glücklich mit seiner Frau und seinen beiden Söhnen, die in wenigen Jahren fast so geschickt im Umgang mit der Armbrust wurden wie ihr Vater.

Epilog

Einige sagen, die Geschichte ist nicht klar,
ist überzogen und voll daneben.
Einige sagen, sie sei nicht sehr wahr,
und den Tell hat es nie gegeben.

Einige sagen, sein Land hat er befreit
und den Gouverneur vertrieben.
Vielleicht, hat er das, im Widerstreit,
doch die Steuern sind geblieben.

Nachsatz

Nun wird wohl mancher Leser sagen, die Geschichte kenne ich doch *anders!*

Nein, Sie kennen nur eine *andere* Geschichte – das Drama von Schiller. Die Schweizer hatten es gleich so geliebt, dass daraus das offizielle das Schweizer Nationalepos wurde.

Schiller hatte die Geschichte im Stil der Zeit – Freiheit, Brüderlichkeit usw. – noch mächtig aufgeblasen und verlängert. Handlungen und Figuren wurden hinzugefügt, um somit der fünfstündigen (!) Theaterabend gesichert, wohl auch, um noch mehr kernige Reime unterzubringen. Auch einiges, was historisch falsch oder zeitlich nicht richtig ist, aber dramatische Wirkung hatte, wurde gerne übernommen. Kaiser- und Königstitel des Habsburger Herrschers werden auch bei Schiller ab und zu verwechselt.

Eigentlich hatte ihm alles Goethe zugeschoben: *'Ich bin fest überzeugt, daß die Fabel vom Tell sich werde episch behandeln lassen, und es würde dabei, wenn es mir, wie ich vorhabe, gelingt, der sonderbare Fall eintreten, daß das Märchen durch die Poesie erst zu seiner vollkommenen Wahrheit gelangte, anstatt dass man sonst um etwas zu leisten die Geschichte zur Fabel machen muß.'*

In vernünftigem Deutsch soll das heißen: 'Wenn man das richtig hindreht, glauben es die Leute.'

Schiller, der selbst nie in der Schweiz war, wollte erst auch nicht und sagte dazu: *'Die Sage von Wilhelm Tell ist ein 'Mährchen mit dem Hut und dem Apfel'.*

Da aber beide, sowohl das 'Chronicum Helveticum' als auch Schillers Drama den finalen Schuss erst noch verzögern, hier eine kurze Zusammenfassung:

Tell springt vom Boot auf die Tellsplatte (den Namen bekam sie später), drehte sich dort <u>nicht</u> herum, um Gessler zu erschießen, was ihm aus dieser Entfernung ein Leichtes gewesen wäre, sondern wendet sich ab, um erst einmal wegzulaufen. Tell will Gessler töten – Sie ahnen es – mit der Armbrust und will sich hinter einem Strauch auf der hohlen Gasse in Küssnacht verstecken, um ihn dort abzupassen. Ja, genau da kommt er, der berühmte Spruch: *'Durch diese hohle Gasse muss er kommen. Es führt kein andrer Weg nach Küssnacht.'*

Jenni, der Fischerknabe, zeigt ihm den Weg, Tell geht in Deckung. Wanderer kommen vorbei, dann Stüssi der Jäger und schließlich Armgard eine Bittstellerin. Gessler hatte sich verkehrsbedingt verspätet. Er will die lästige Frau gleich niederreiten, aber da zischt auch schon Tells Pfeil heran, trifft Gessler genau in die Brust und er fällt tot vom Pferd.

Der 5. Aufzug wird bei 'Dramenschlussmeister' Schiller geradezu 'ausgeschleimt': Der Königsmörder (des Königs Neffe) bittet Tell um Beistand und wird umgehend zum Papst durchgewunken. Hier setzt Schiller Standards für einen seriösen Freiheitskampf – Mord wegen Erbstreitigkeiten geht gar nicht, auch wenns den Schweizern recht war. Unser Held wird wieder zu normalen Ehemann, der sich den Vorwürfen seiner Frau stellen muss (Kindesgefährdung), die Schweizer – Adel, Bauern, Frauen und andere Unterprivilegierte – umarmen sich, und das Volk bejubelt Tells Tat.